WOLFGANG SCHALLER

Der Letzte macht das Licht an

SATIREN

EULENSPIEGEL VERLAG

ISBN 3-359-01612-2

Rosa-Luxemburg-Straße 39, 10178 Berlin
Umschlaggestaltung: Peperoni Werbeagentur, Berlin
Gesamtherstellung: Salzland Druck, Staßfurt

Die Bücher des Eulenspiegel Verlags
erscheinen in der Eulenspiegel Verlagsgruppe.

www.eulenspiegel-verlag.de

Inhalt

Der Gratwanderer

Es handelt sich um Wolfgang Schaller. Um keinen Geringeren. An ihm und seinem Partner Peter Ensikat konnte ich das Geheimnis, besser gesagt, das Phänomen des DDR-Kabaretts studieren. Ob ich mein Studienziel erreicht habe, weiß ich nicht, aber ein bißchen mehr weiß ich als in den kalten Kriegsjahren. Kein Zweifel, das Kabarett in der DDR hat Triumphe gefeiert. Man mußte jahrelang anstehen, um in eines dieser Häuser hineinzukommen. Es gibt in der Geschichte des deutschen Kabaretts nichts Vergleichbares.

Es beschäftigte Vertreter des Staates, der Partei, es löste Diskussionen aus, es spaltete Persönlichkeiten und forderte zum Nachdenken heraus, ob denn die Idee des Sozialismus nicht zu schade sei für die, die sie gerade verwalten.

Man darf nicht vergessen mit welchem Mut und welcher Verve Kabarettisten, die in erster Linie verantwortlich waren gegenüber der Partei, diese Frage immer wieder gestellt haben.

Wolfgang Schaller war mir natürlich schon lange bevor wir uns das erste Mal trafen, und das war 1985 in Leipzig, bekannt. Wenn ich ihn einen Gratwanderer nenne, so muß ich erklären, was ich für den Grat gehalten habe. Er war selbstverständlich für die Gründung dieses Staates, war besorgt um die Erhaltung der Grundidee, nämlich endlich den Versuch zu wagen, eine demokratische Republik zu schaffen, konnte aber, und kein Mensch kann sein

Talent auf Dauer unterdrücken, nicht schweigen, wenn er diese Idee durch falsche Handlungen, interkorruptives Parteiverhalten, zunehmende Entmündigung der Bürger in Gefahr geraten sah.

Wolfgang Schaller ist nicht einen Schritt zurückgewichen. Sein Witz hat ihn geschützt, seine Begabung hat ihm den beschützenden Erfolg gebracht. Er hat es gottlob überlebt. Meine Hochachtung sei ihm versichert, und ich wünsche ihm für alles den gebührenden Erfolg und das bleibende Vertrauen seiner Anhänger, wozu ich gehöre.

Dieter Hildebrandt

Zuvor ein Wort

Als ich die ersten meiner vor dreizehn Jahren geschriebenen Kolumnen wieder las, wunderte ich mich selbst über die Heftigkeit, mit der ich mein Leben in einem aufgehörten Land verteidigte. Bis zuletzt wollte ich mir trotz besseren Wissens den Glauben an eine reformierbare DDR nicht nehmen lassen. Dieser Glaube war Selbstbetrug und Hoffnung. Mit der Lüge Hoffnung lebte und schrieb es sich besser. Ich wollte diese Jahrzehnte nicht unter den Teppich einer neuen Geschichtsschreibung kehren lassen. Ich bin der »Sächsischen Zeitung« dankbar, daß sie mir 1991 einen Platz bot, meine Sprachlosigkeit nach einem verlorenen Dreigroschenstaat und einer gewonnenen D-Mark-Freiheit in Worte zu fassen. Dann merkte ich, daß meine satirischen Kolumnen auch anderen wichtig waren. Mancher allerdings spuckte sie wie Gift und Galle aus, wenn er patriotische Vaterlandsliebe und Kriegslust vermißte. Nun wunderte mich die Heftigkeit, mit der Andersdenkende Andersdenken mitten im demokratischen Pluralismus nicht aushielten. Gebündelt, erinnern mich meine Gedankenpurzelbäume an dreizehn Jahre Zeitgeist und Geisterzeit.

Wolfgang Schaller

Der Narr und der König

Achtung, gleich wird das Volk grölen. Im Vorgefühl des Erfolgs holt der Narr auf der Bühne genüßlich Luft, um dann den erprobten Witz in den Saal zu blasen. Es ist ein Witz über den König. Ein mutiger Narr! ruft das Volk. Es lebe der Narr! ruft das Volk. Aber siehe da: In der Loge sitzt vergnügt der König. Das Volk bemerkt des Königs Lachen, verneigt sich tief empor zur Loge. Ein toleranter König! ruft das Volk. Es lebe der König! ruft das Volk. Unbemerkt von der Menge zwinkern sich Narr und König zu. Dann fährt der Narr nach Hause in sein Narrenhäusel, das kaum bescheidener anmutet als des Königs Schloß. Einen Augenblick verweilt der Narr vor der Vitrine, in der er sein helles Narrenglöckchen gefangenhält, und erinnert sich an Zeiten, da er es leis läuten ließ, mit feinem Biß und weisem Spott. Dies leise Geläut aber dröhnte dem einstigen König schmerzhaft in den Ohren. Und er drohte dem Narren, ihn samt Glöckchen in den Turm zu sperren, den dickgemauerten, daß kein Mißklang mehr störe des Königs Feste. Gefährlich leben aber war nicht die Stärke des mutigen Narren. Und es verstummte das Geläut. Stumm blieb der unfreie Narr.

Längst hat das Volk den König ausgewechselt und lacht jetzt frei über die freien Späße des freien Narren. Und der König sitzt also in seiner Königsloge und lacht über die Königswitze, so laut, daß der Narr den Witz noch lauter in den Saal blasen muß, und lauter Köpfe schütteln sich vor Lachen und lauter Schenkelklatschen, bis die Köpfe zwischen den Schenkeln steckenbleiben. Da holt der Narr übermütig sein Glöckchen aus der Gefangenschaft und läßt es leise läuten. Doch die Köpfe zwischen den Schenkeln können es nicht hören, und im Saal schweigt es still. Und das Geläut verstummt, da keiner zuhört. Stumm bleibt der freie Narr. Der König lächelt weise.

Festtagsrede an meinen Freund

1991

Mein Freund, weißt Du noch: Wie Du beim Mauerfall »Helmut! Helmut!« lallend die Sektkorken knallen ließest? Wie Du mit überhöhter Geschwindigkeit mit dem Einkaufswagen die Regale von Aldi rammtest, als wolltest Du Dein Leben lang nur noch Schappi fressen? Wie Du Dich mit revolutionärem Elan durch die Grabschtische von Hertie wühltest, als wärst Du selbst ein Billigangebot?

Nun hast Du Dich zwei Jahre lang vollgestopft mit lila Kühen und Joghurt mit linksdrehender Milchsäure, als sei der Mensch ein Verdauungstrakt, ein Verbindungsrohr zwischen Freßnapf und Abfalleimer. Die Einheit war für Dich ein großes Schnäppchen. Und nun plötzlich hast Du den Kohl dicke?

Ich weiß, er hat Dir blühende Ländchen versprochen und Wohlstand für alle, da mußtest Du einfach den neuen BMW leasen, um der erste in München zu sein beim Kampf ums zusätzliche Begrüßungsgeld. Du mußtest dem Kanzler einfach glauben. Denn Du warst ja nun ein mündiger Bürger, der nach vierzig Jahren verkrüppelter Haltung endlich aufrecht über die Autobahnen des neuen Deutschland rasen konnte.

Nun wunderst Du Dich, daß der Kapitalismus tatsächlich so aussieht, wie man ihn Dir einst auf der Parteischule schwarz-weiß gemalt hatte. »So hab ich mir das nicht vorgestellt!« hör ich Dich heut klagen mit herzzerreißender Litanei: »So haben wir das nicht gewollt! Hast du gewußt, daß es so kommt? Ich hab überhaupt nichts gewußt. Mir hat die CDU gesagt, wie es kommen soll. Aber nicht, wie es kommen wird. Hast du die CDU gewählt? Ich hab die CDU nicht gewählt!«

Nein, mein Freund, ich hab die CDU nicht gewählt. Ich kenn in Sachsen überhaupt niemanden, der heute sagt, er habe die CDU gewählt. Ob es sich da um Wahlfälschung handelt?

Dabei, mein Freund: Du könntest es doch zugeben. Wen hättest Du sonst wählen sollen, wenn nicht den, der die schwarz-rot-goldene Fahne uns allen vorantrug? Du bist doch ein Leben lang den Fahnenträgern tapfer hinterhermarschiert. Als Pimpf warst Du brauner Hänfling, dann Rotkehlchen, bei der Wende Haubentaucher, jetzt alternde Schwarzdrossel. So vögelts sich gut durch die deutsche Geschichte.

Ich hör Dich noch im Chor singen: Die Partei, die Partei, die hat immer recht. Mein Freund: Ich hatte Mühe, Dich zu erkennen, als Du über Nacht so schwarz wurdest, als wolltest Du im Tunnel noch Schatten werfen.

Nein, ich verdamme Dich nicht. Ich bewundere Dich. Früher den roten Fürsten in den Arsch gekrochen, heut den neuen Führern die Schweißfüße küssen – Du riechst immer, wo es langgeht. Na und? Wenn Stasi-Generale die von ihnen Verführten outen, wenn Schabowski lautstark dem Sozialismus abschwört, damit er besser im Darm der neuen Zeit überwintern kann – warum, mein Freund, solltest nicht auch Du in die Richtung furzen, in die der Wind weht.

Nein: Der Versager bin ich. Ich war so blöd, an jenem 4. November 89 noch an eine bessere DDR zu glauben. Trotz besseren Wissens. Ich war so bescheuert, am 3. Oktober 90 an ein neues Deutschland zu glauben. Trotz besseren Wissens. Ich wollt nicht wahrhaben, was ich wahrnahm.

Ich bin nicht besser als Du, mein Freund. Ich bin nur ein bißchen ratloser. Du weißt schon wieder, wo der Weg langgeht. Du weißt schon wieder, wo Du die Schnauze zu halten hast. Aber wenn Du sie am Stammtisch voll hast von Diebels Alt und dem ganzen Politikergequatsche, dann rülpst Du laut einen Hauch deutscher Geschichte in die Runde und rufst nach dem starken Mann.

Mein Freund, ich glaub: Dein Pech und mein Glück ist, daß Schönhuber die Ausstrahlung einer defekten 12-Volt-Leuchte hat. Aber wenn erst einmal einer kommt, der Dich zum Mitklatschen bringt wie Heino und mit seinen Sprüchen besoffen macht wie Johnnie Walker, dann, mein Freund, wird wieder eine Zeit sein, von der Du später sagen kannst: »So haben wir das nicht gewollt! Hast du gewußt, daß es so kommt? Mir hat niemand gesagt, daß es so kommen wird!«

Laß mich für Dich zum Schluß meines Briefes ein altes deutsches Volkslied variieren:

Rosenstock, Holderblüh,/ wenn i mei Dirndl sieh,/ lacht mer vor lauter Freid/ 's Herzerl im Leib./ Tralala, Tralala,/ 's Gehirndl ist nimmer da./ Tralala, Tralala,/ ohne geht's a.

Für eine bessere Vergangenheit

1991

Liebe ehemalige Bürger aus der ehemaligen DDR! Wie wir aus gutunterrichteten Kreisen erfuhren, sehnt sich jeder vierte von Euch nach der Mauer zurück.

Ihr hättet es im Herbst 89 wissen müssen: Wer in Deutschland Revolution macht, beweist nur, daß er von Politik nichts versteht. Nun wünscht Ihr Euch unser altes Wirtschaftswunder: Bei niedrigster Arbeitsproduktivität die höchste soziale Sicherheit. Um diese Hauptaufgabe durchzusetzen, ist uns viel eingefallen. Aber Ihr habt ihn selbst zerstört, unseren schönen Traum von Wirtschafts- und Sozialpolitik: Im Wohlstand leben wie im Westen, auf Arbeit gammeln wie im Osten.

Der christliche Westen hat immer auf Leistung gebaut, der atheistische Osten immer Gott vertraut. Denn unser vierzigjähriges blaues Wunder hatte schon die Bibel vorausgesagt: Sie säen nicht, sie ernten nicht, aber Gott ernährt sie doch! Aber ihr wolltet Euch ja nicht mehr von unseren Göttern ernähren lassen. Nun möchtet Ihr den ganzen Westen am liebsten wieder im Westen haben, und mancher muß sich eingestehen: So ein bißchen Diktatur wäre mit Westgeld schon noch mal auszuhalten.

Liebe ehemalige Bürger: Das bißchen Westgeld hätten wir auch drucken können! Druck war schließlich unsere Stärke!

Heute erkennen viele von Euch: Unser Weg war richtig.

Um Euch beizustehen, haben wir, die ehemaligen Genossen aller Organe, uns am 7. Oktober zum 1. Treffen der Vertriebenen versammelt. Wir gedachten jener tragischen Zeit, in der es dem Volk gelang, unsere Menschen gegen uns aufzuwiegeln. Wir gestanden uns in unserer parteilichen Aussprache: Wir haben Fehler gemacht. Wir hatten das Volk nicht hinter uns.

Aber bedenkt: Wie hätten wir ein Volk, das hinter uns steht, beobachten sollen?! Wir hatten das Ohr immer an der Masse. Daß wir ausgerechnet mit Knüppeln Bürgernähe demonstrierten, verzeiht: Man mußte ja damals nehmen, was es grad gab. Und Knüppel gab es so viele, daß wir auch unsere westdeutschen Klassenbrüder hätten befreien können. Soweit haben wir nicht gedacht. Das war unser Fehler. Sonst hätten wir mit unseren Parteiveteranen die Amtsstuben in Hamburg und München besetzen können! Und mit unseren Ladenhütern von Zierkerzen bis Räuchermännern hätten wir die Supermärkte zugeschüttet! Und unsere Betriebsdirektoren wären als Investoren in die westdeutschen Konzerne gerufen worden! Dann wäre diese ganze großmäulige BRD-Wirtschaft in kürzester Zeit pleite gewesen.

Wir hätten es schaffen können. Wäre das Volk nicht gewesen. Nun muß das Volk dafür büßen. Denn wenn Ihr, liebe ehemalige Bürger, heute arbeitslos seid, können wir mit Stolz sagen: Wir nicht! Wir finden überall unseren Platz. Wir bleiben immer die Sieger der Geschichte.

Aber auch Ihr habt eine Vergangenheit vor Euch! Mit diesem gesetzmäßigen Optimismus rufen wir heut alle entmachteten Werktätigen aus dem Untergrund auf:

Verkäuferinnen und Verkäufer! Macht Überfluß zur Mangelware! Versteckt Bananen und Radeberger unter Euren Ladentischen, und Ihr werdet wieder König über den Kunden sein!

Kellnerinnen und Kellner! Schnauzt die Gäste wieder an, wenn sie sich selbständig an einen freien Tisch setzen! Nehmt Euch ein Vorbild an jenen Kollegen, die sich diese sozialistische Errungenschaft bis heute nicht nehmen ließen!

Taxifahrer! Schlagt den Wartenden die Autotür vor der Nase zu, wenn Euch die Wegstrecke nicht paßt! Laßt Euch in der neuen Freiheit nicht den Willen der Fahrgäste aufzwingen!

Künstler! Fordert die Wiedereinführung der Zensur, soweit das nicht schon geschehen ist! Wenn Funktionäre jedes Eurer Werke kontrollieren, werdet Ihr endlich wieder das Gefühl haben, ernst genommen zu werden!

Handwerker! Ihr bestimmt, ob jemand einen Schaden hat! Sagt den Kunden: Ihr kommt, und Ihr wollt. Aber kommt, wann Ihr wollt! Laßt Euch nicht versklaven!

Liebe ehemalige Bürger! Zeigt den Mächtigen, wer hier im Lande die Herrschenden sind! Bringt Eure alten Erfahrungen ins neue Deutschland ein!

Damit wenigstens etwas weiterlebt von dem, wofür wir gekämpft haben. Damit nicht alles umsonst war.

Ich Ehemaliger

1991

Ich muß Ihnen etwas gestehen: Ich bin in der DDR geboren. Zwar gerate ich bei Fragebögen in Versuchung, hinter Geburtsland »Deutschland« zu schreiben, zumal ich auch einen DEFA-Film im Fernsehen mit »Deutschland, 1974« angekündigt sah, doch will ich mich tapfer meiner unrühmlichen Vergangenheit stellen, und die heißt nun mal: Ich bin in der DDR geboren.
Ich weiß, das war falsch von mir. Ich habe mich leichtfertig bei meiner Geburt für dieses Land entschieden. Ich war damals einfach zu jung, um diesen Fehler in aller Größe zu erkennen. Das Licht der Welt, das ich erblickte, hat mich verblendet. Wenn ich nun noch hinzufüge, daß meine Mutter in der Stillphase Genossin war, ahnen Sie, mit welcher Art Muttermilch ich aufgewachsen bin! Ich hatte eine saure Kindheit! Ich ließ mich irreführen, daß ich in der Kinderkrippe nach Aussagen älterer Zeugen lachte und spielte, obwohl mir hätte auffallen müssen, daß meine Spielgefährten von den SED-Tanten mitunter als Altersgenossen bezeichnet wurden. Ich entsinne mich, daß ich immer auf Befehl aufs Töpfchen mußte, ob ich mußte oder nicht. Ich hätte einfach aufstehen und sagen müssen: »Ich mach die Scheiße hier nicht mehr mit!« Aber ich war zu feige.

Heute bin ich klüger, nachdem ich in einem Sachverständigengutachten des Kölner Pädagogik-Professors Niermann an den Bundestagsausschuß lesen durfte, daß es in den DDR-Kinderkrippen wie in rumänischen Waisenhäusern zuging: »Zuwendung und Zärtlichkeit durch das Betreuungspersonal waren stets untersagt«, und in den »Zuchtanstalten« waren »Linkshänder, Brillenträger und Bettnässer einer Hölle ausgesetzt«. Ich weiß nicht mehr, ob ich als Dreijähriger Bettnässer war, doch räume ich ein, daß diese Erinnerungslücke ein typischer ostdeutscher Verdrängungskomplex bei der Vergangenheitsbewältigung ist. Jedenfalls hat der sachverständige Professor seinen Anteil, daß ich jetzt mit distanzierterer Haltung zu sagen bereit bin: Ich wurde in der ehemaligen DDR geboren. Diese Einfügung befreit mich von der Gefahr, daß mir nostalgische Schwärmerei fürs Diktatorische unterstellt werden könnte.

Ich bin nun im Sinne der Aufarbeitung meiner Vergangenheit auch bereit, wichtige Details offenzulegen, etwa, daß mein verstorbener Vater für sein Leben gern Broiler aß. Das muß (ich will genau sein, um die Strukturen freizulegen) in den siebziger Jahren gewesen sein. Aber da es nicht nur die DDR nicht mehr gibt, sondern meinen Vater auch nicht mehr und Broiler auch nicht mehr, muß wohl die Auskunft heißen: Mein ehemaliger Vater aß in seinem ehemaligen Leben gern ehemalige Broiler, das war in den ehemaligen siebziger Jahren, also in der ehemaligen DDR. Um die Umständlichkeit zu umgehen, genügt vielleicht das Kürzel: Mein Ehemaliger aß gern Ehemalige in der Ehemaligen. Sie sehen: Ich bin lernfähig. Freilich hatte es die frühere Generation leichter, da die nie von einem ehemaligen Dritten Reich sprechen mußte.

Nur mit der Orientierung in Dresden habe ich trotz meiner Bemühungen, der neuen Zeit in die Augen und auf die Straßenschilder zu sehen, immer noch Schwierigkeiten. Jahrzehnte ging ich, wollte ich meinen Freund besuchen, immer die Thälmannstraße entlang rechts ab die Leningrader über den Hauptbahnhof bis zum Salvador-Allende-Platz. Ich weiß, daß ich heut die Wilsdruffer Straße entlang rechts ab die Petersburger über den Hauptbahnhof zum Münchner Platz muß. Aber ich bin mir noch im unklaren, ob das nicht ein Umweg ist. Eine Untersuchungskommission hat herausgefunden, daß Haupt kein kommunistischer Untergrundkämpfer wie dieser Allende war, so daß der Hauptbahnhof seinen Namen behalten konnte. Ich weiß jetzt auch, daß ein Kollektiv heute Team heißt. Obwohl es ein Kollektiv bleibt. Das freut meine Brigade. Und Frauen, die Buletten essen, heißen Frigadellen. Oder heißen die Buletten so? Ob mein Freund dagegen noch wie früher heißt, bezweifle ich bei dessen Vergangenheit. Immerhin hat bei seiner ehemaligen Geburt eine DDR-Hebamme wissentlich beigetragen. Ich habe die Beziehungen zu ihm eingestellt, nachdem er mir beim letzten Besuch ohne Anzeichen von Reue gestand, er habe im Kindergarten die hohe Funktion eines Tischdienstes ausgeübt.

Ich begrüße meine Fortschritte, bemerke aber bei meinem Sohn noch erschreckende Rückschläge. Kürzlich fragte er einen Polizisten, ob zu dieser Jahreszeit die Pioniereisenbahn noch fahre. Ich wollte diesen Lapsus wiedergutmachen und sagte sofort: »Entschuldigung, Genosse Volkspolizist!«

Was macht ein Kondom, wenn es den Papst sieht?

1992

Nein, der Papst schwebt nicht in himmlischen Sphären. Jedenfalls stand er bis vor kurzem fest mit beiden Beinen auf der Erdenscheibe. Nun ist aber der Stellvertreter ein reiselustiger Geselle, den es mal nach Afrika, mal nach Südamerika zieht. Trotz seines hohen Alters: Und er bewegt sich doch!

Doch als er so bis an den Rand der Welt gereist war, soll er sehr stutzig geworden sein, daß er von der Scheibe nicht runterfällt. Und weil er einen guten Tag hatte, rehabilitierte er nach 350 Jahren Galilei und entschloß sich damit, auch die kopernikanische Lehre nicht länger zu verdammen. Dies Neue Denken gibt nun der Welt Hoffnung, daß der Vatikan in 350 Jahren auch die nächste bittre Pille schluckt, d.h.: die Pille schlucken läßt. Daß die rund und gleichzeitig eine Scheibe ist, diesen antagonistischen Widerspruch soll ja der Papst heut schon geschluckt haben.

Noch aber ruft er in die Welt: Zeugen, zeugen, nochmals zeugen! »Bei jedem Geschlechtsverkehr muß stets ein Kind entstehen! Wer Verhütungsmittel benutzt, verletzt die Menschenrechte!« Solch päpstliche Sprüche schüchtern natürlich die Über-Bevölkerung in der Dritten Welt ein, und sie entsagt Kondom und Pille und ähnlichem Teufelswerk und mehret das Leben. Daß dies Leben millionenfach gar bald durch Hunger oder Aids vernichtet wird, ist so teuflisch nicht: Wer mit solcher Inbrunst den Schutz des ungeborenen Lebens predigt, dem bleibt nur noch, dem geborenen Leben die Tore zum Himmel zu öffnen. Um alles kann sich der Papst schließlich auch nicht kümmern.

Vater der du bist in Rom:
Dein Wille geschehe!
Gesegnet sei der Massenmord an Armen!

Die sich vereinigende Erste Welt widersetzt sich dagegen schon tapfer dem Papst-Verdikt. Aber noch nicht mit aller Konsequenz. Denn wenn »jeder Eingriff in die natürliche, also gottgewollte menschliche Entwicklung ein Verbrechen« ist, dann, bitteschön, sollten Sie sich auch nicht von teuflischen Chirurgen in Ihrem Körper herumschnippeln lassen, wenn Ihr Wurmfortsatz muckert! Und wenn schon – dann lassen Sie sich wenigstens nicht mit diesen in Mode gekommenen Narkotika die Sinne vernebeln. Ein Schlag mit dem Holzhammer tut's auch. Die Methode wäre schön mittelalterlich. Also päpstlich. Bei derlei Konsequenz stürben zwar die meisten mit vierzig oder fünfzig, aber dann hätte Herr Blüm mit seiner Rentenversicherung keine Sorgen mehr. Sie sehen: Zu Ende gedacht, hat alles seine guten Seiten.

Nun stehen in dieser Woche die Karlsruher Verfassungshüter vor Gott. Ob sie vor ihm strammstehen, wird sich zeigen, wenn sie in einigen Monaten verraten, wohin sie mit dem § 218 abgetrieben sind.

Ich möchte den Richtern nicht zu nahetreten, aber wenn ich die sieben Herren so sehe, will ich nicht recht glauben, daß sie Säuglingsgeplärr und Windelgestank zuliebe auf ihre männliche Karriere verzichten würden. Doch solange Frauen die Kinder kriegen, ist das nicht ihr Problem. Und das ist das Problem. Gebärende Machtmänner hätten der Abtreibung schon längst die Absolution erteilt, denn Männerverstand wäre zur verantwortungsbewußten Entscheidung fähig: Ihr Kinderlein kommet oder kommet nicht. Aber leider gebären die leichtfertigen Frauen, von denen schon Goethe sagte: »Wenn Weiber urteilen und meinen, da will's oft wunderlich erscheinen.« Und da Männer nun mal urteilen und meinen, eine junge Frau entscheide über das Ja oder Nein einer Schwangerschaftsunterbrechung nach dem gleichen Motto wie: Geh ich nun mal pullern oder nicht? – da sollte man ihr die Selbstbestimmung wirklich nicht überlassen.

Übrigens: Ich habe vier Kinder. Und sollte in der Freudennacht zu meinem 100. Geburtstag versehentlich noch eins entstehen – ich würd es haben wollen. Aber nur, wenn es auch meine Frau will. Denn die wäre dann endlich in einem Alter, in dem sie mündig genug ist, über sich ganz allein zu entscheiden. Ohne mich. Und ohne die Karlsruher Richter. Und ohne Papst.

Entschuldigung, ich vergaß, Ihnen die Titelfrage zu beantworten: Es platzt vor Wut!

Ich küsse Ihre Hand, Madam!

1992

Zweimal werden wir noch wach, heißa, dann ist Frauentag! Ach, was waren das doch noch für Zeiten, als an diesem Tag der volkseigene Vorgesetzte mit Festtagsblick und einer Rede, in der er alljährlich die Jahreszahl aktualisierte, vor seine Frauen trat und erklärte, daß er hinter ihnen stehe. Ob er hinter ihnen stand, um sie in den Hintern zu treten oder zu kneifen, blieb Geheimnis der Gefühlswelt des leitenden Patriarchen. Aber schön war's schon, wenn einmal im Jahr ehrlich ausgesprochen wurde, was niemand glaubte: daß unsere Frauen gleichberechtigt und so glücklich waren, wie sie uns aus Presse, Film und Fernsehen entgegenstrahlten.

Wenn vor dem Betriebstoren ein Schild ARBEITSKRÄFTE AUS DER NICHTBERUFSTÄTIGEN BEVÖLKERUNG warb, dann war dies ein Beten an die letzten noch zu Hause bei den Kindern herumlungernden Frauen, doch endlich auch im blauen Einheitslook der geschlechtsüberschreitenden Arbeiterklasse ihren Mann zu stehen. Da sich viele Frauen heute nach ihrem Arbeitsplatz sehnen, mag dies fast zynisch klingen. Aber es war nun mal nicht die reinste Frauenliebe, sondern ganz schlicht der trübe Arbeitskräftemangel, der die Parteigreise zu sozialen Maßnahmen trieb, um die Frau vom Objekt männlicher Begierde zur mehrschichtig einsetzbaren Vollbeschäftigteneinheit zu emanzipieren.

Immerhin. Frauen waren gefragt. Sie fühlten sich gebraucht: Sie durften den Plan erfüllen *und* kochen. Daß das ein historischer Fortschritt war – dafür können die Männer wirklich nichts. Die Welt wär noch in Butter, ging's nach dem ollen Luther: »Die Weiber, welche breite Hüften und Gesäß haben, daß sie sollen daheim sitzen und bleiben und haushalten.« Und da auch Schiller männlich weise wußte: »Die Frau ist ein weniger gehaltreicher Mensch«, ist es nur allzu verständlich, daß die Vereinigung Deutschlands Männersache war. Denn Männer vereinigen sich nicht zum Vergnügen, sondern aus Verantwortung vor der Geschichte. Was in der DDR ein von den Männern ungewollter historischer Fortschritt war, mußte nun dem von den Männern gewollten historischen Fortschritt weichen.

Da bricht eben zusammen, was zusammenbrechen muß – alles, was schwach ist: Kinder, Frauen und die anderen Behinderten. Das starke Geschlecht ist nun mal am mächtigsten, wo es allein ist, also am Stammtisch und am Arbeitsplatz. Der Arbeitsplatz ist der Kampfplatz des Mannes. Männer brauchen Aufgaben. Frauen reicht die Selbstaufgabe. Die ostdeutschen Frauen durften vierzig Jahre lang verordnete Seligkeit abstreifen und der neuen verordneten Freiheit ins Gesicht lächeln. Welch Metamorphose des Glücks! Und schon paßt die Frau von heute wieder ins maßgeschneiderte Korsett, jetzt mit gesamtdeutschem Schnittmusterbogen. Mußte sie einst 45 Stunden wöchentlich im Büro oder am Fließband rammeln, darf sie sich nun 45 Stunden im Haushalt erholen und ihr Mutterherz pflegen. Für die Frauen brach die neue Zeit an: Vom Nutztierchen zum Putzfigürchen, pflegeleicht und handlich für den Hausgebrauch.

Die Frau hängt nun als heißes Kuscheltier an allen Zeitungskiosken und steht als kalte Mamsell am heimischen Küchenherd. Im Herbst 89 sind die Frauen in der DDR auf die Straße gegangen. Was wundern sie sich jetzt, wenn sie als erste wieder auf die Straße fliegen. So begreifen die ostdeutschen Frauen endlich, was die Losung heute bedeutet: Heim ins Reich! Wenn sie unbedingt mitverdienen wollen, dann bitte dort, wo sie nichts verdienen. Hätten sich die Emanzen lieber neben den Mann ins Bett gelegt, statt sich neben ihn ins Präsidium gesetzt! Ab und zu einmal eine führende Rolle bei der Vereinigung im Schlafzimmer gestattet der moderne Mann schon mal der modernen Frau. Aber die Vereinigung Deutschlands war und bleibt Männersache! Männer machen Geschichte, Frauen höchstens Geschichten. Und das sind meistens auch bloß Männergeschichten. Die deutsche Hängepartie ist zwar noch nicht entschieden, aber das Damenopfer ist schon gebracht. Deutschland steht wieder seinen Mann. Das Ewig-Weibliche steht hintenan.

Die befreite Persönlichkeit

1992

Wie habe ich doch frühere Jahrzehnte meines Lebens nutzlos vertan! Statt abends Börsenberichte zu studieren oder die Rendite meiner auf einem Investmentfondsdepot gelagerten 500 Mark zu errechnen (es gab ja nur dieses zwangskollektivierte Einheitssparbuch), statt allabendlich mit der Fernbedienung durch 13 TV-Kanäle zu zappen, um in den Reality-Serien zu erfahren, wie das wirkliche Leben ist (ich werde die harten Zeiten nie vergessen, da ich mich jedesmal aus dem Sessel quälen mußte, wollte ich zwischen den beiden DDR-Sendern hin- und herschalten), statt also die heutigen Erleichterungen menschlicher Kommunikation für meine Persönlichkeitsbildung nutzen zu können, vertrieb ich mir die Abende mit Freunden, für die ich schon vorher Stunden verschwendete, um für sie indisch zu kochen (mit ein paar Brühwürfeln und einem dürren Broiler, alles andere war anstrengende Fantasie in dieser Mangelwirtschaft, in der mir der Griff zur Maggi-Fertigsuppe versagt blieb).

Auch schäme ich mich für die Stunden, in denen ich faul im Gras lag, den Blick auf ein paar Gänseblümchen – welche Gehaltserhöhungen wären möglich gewesen, hätte ich damals schon statt dessen in Überstunden leistungsorientiert meinem Chef in die Seele blicken dürfen.

Nein, der Sinn des Lebens wird mir erst heute bewußt, seit mir ein Inserat (WOLLEN SIE SCHNELL VIEL GELD VERDIENEN?) die Karriere eines Versicherungsvertreters eröffnet hat. Die Schlamperei, da ich in Jeans gezwängt meiner Zukunft begegnen mußte, ist Gott sei Dank vorbei. (Was gab's denn im »konsument«? DDR-Großraumhosen – anziehen, aufpumpen und dann die Windstärke messen!) Mein neues Outfit nach den Normen meines Versicherungsbüros (typischer Managerlook, gekrönt durch eine Krawattennadel, in der Hand den schwarzen Geschäftskoffer) macht nun endlich eine Individualität aus mir, die sich auf ihr ICH besinnen kann. Und wenn ich nachts schweißgebadet aus meinen Angstträumen erwache, wie ich den nächsten Tag erfolgsbewußt meistere (ES LIEGT AN IHNEN, WAS SIE AUS SICH MACHEN!), dann spüre ich: Mein Leben ist zwar anstrengender geworden, aber freier.

Daß ich überhaupt als verlotterter Ossi eingestellt wurde, verdanke ich einem Bewerbungsseminar. Dort lernte ich zunächst unter Anleitung eines Münchner Jungunternehmers, mit Messer und Gabel zu essen und andere über den Löffel zu balbieren. Nun kann es nicht mehr passieren, daß ich wie einst bei einem Bankett das Zitronenwasser, das zur Säuberung der Fettfinger bereitstand, mit einem freundlichen »Prost« austrinke oder daß ich auf die Frage »Möchten Sie crème fraîche?« antworte: »Nein danke, ich nehm immer noch Florena.«

Ich weiß jetzt, wie ich auf meinen etwas zu klein geratenen Chef herabsehen muß, daß er den Eindruck hat, ich blicke zu ihm auf. Ich habe mich so lange dressieren lassen, bis ich mich frei bewegen konnte. Beim Aufnahmetest schrie mich ein Kunde an, während mir zwei Mitarbeiter ins linke und rechte Ohr zischten und ein dritter seine Hand vor meinen Augen hin- und herbewegte, derweil drei Telefone klingelten und die Sekretärin stolpernd den Kaffee über meinen Anzug goß. Wer dabei freundlich blieb, bestand den Test. Ich blieb freundlich. Immer keep smiling, auch wenn einem zum Kotzen ist – das macht mich jetzt so menschlich.

Leicht ist so eine Karriere nicht. Mit Gänseblümchen anschmusen ist da nichts zu machen. Mein Chef schleicht zweimal wöchentlich heimlich zum Seelenklempner, um sich bei Sitz-, Geh- und Kriechmeditationen selbst zu finden. Anschließend trifft er sich in der Männergruppe, um mit Leidensgefährten aus erdenem Ton seinen Schniedel zu töpfern. Das mobilisiert seine Endorphine. Und wenn er mal auf einen kurzen Sprung zu seiner Sekretärin geht, muß er immer Mann sein, immer Stehaufmännchen. Schlucken Sie mal jeden Tag die Spanische Fliege! Ich habe noch ein langes Training vor mir, bevor ich eine von der Diktatur befreite Persönlichkeit bin.

Doch ich bin schon dynamisch. Ich versuche, mir die aufwendigen Kundengespräche zu ersparen und faxe nun aus meiner Einraumwohnung die Angebote den Firmen zu, gebe am Telefon die neuesten Konditionen bekannt und tippe die Zahlen anschließend in den Computer. Denn es gibt immer noch Kunden, die mich zu einem Schwätzchen bei einem Kaffee einladen, wenn ich persönlich bei ihnen vorspreche. Sie merken gar nicht, daß sie mir mit ihren zeitraubenden menschlichen Kontakten das Geschäft versauen und damit mir gegenüber höchst unmenschlich handeln.

Zur Anschaffung der neuen Kommunikationsmittel mußte ich zwar einen Kredit aufnehmen, aber wenn ich künftig auch nachts arbeite (was mir die Angstträume ersparen würde), werde ich ihn auch abzahlen können. Hauptsache, das Leben hat nun einen Sinn.

Komm, wir bilden einen Stau!

1992

Der Mai ist gekommen, die Autos wollen raus. Selbst Sonntagsfahrer Willi holt seinen neuen Gebrauchten aus dem Garagendunkel ins Frühlingslicht, streichelt und striegelt liebevoll seine Pferdestärken und stürzt sich in die Schlacht unterwegs auf den Straßen des allgemeinen deutschen Automobilkrieges. Und die Frühlingssonne verschwindet, kaum daß sie aufgegangen, im blauen Abgas wunderbar. Der Tachozeiger mickert bei 10 km/h vor sich hin, als Willi mit der Blechlawine durch die Stadt rollt. Mürrisch sieht er den Fußgängern nach, die ihn links überholen. Dann endlich erreicht er den ersten Stau an der Autobahnauffahrt. Dort erinnert er sich mit nostalgischer Verklärtheit an jene Zeiten, da er in seinem Zwickauer Verbrennungswunder mit durchgetretenem Gaspedal von der Bordsteinkante des Neubaugebietes schoß und auf kürzestem Weg einsam, aber mutig in den real existierenden Schlaglöchern unserer sozialistischen Autobahn landete, ohne Berührung mit dem Feind, der Bremse.

Er erinnert sich ans Nachwendejahr, als er mit einer Mutti, zwei Kindern, drei Koffern, vier Schlafsäcken und fünf Salami im engen Pappraum die weite Welt zu erobern begann und mit revolutionärem Stolz auf heimischem Boden keinen noch so dicken Mercedes an sich vorbeiließ. Erst nach der Grenze, die nun keine mehr war, ließ sich Vati nach rechts abdrängen, und das spannende Wettrennen mit Brummis und Traktoren begann. Nur im geliebten Trabant vermochte man die Größe Deutschlands wahrhaft zu ermessen: Zwanzig Stunden von Kleinzschachwitz zum Rhein ohne Zwischenaufenthalt – dann mußte Mutti Vatis Fuß vom Gaspedal heben. Zwar wird die ganze Familie beim Aussteigen für verwachsen gehalten, aber überall begegnen sie einem gewissen Lächeln, das unser Zweitakt-Tuckerchen in der ganzen Welt auslöste und vom DDR-Bürger für Freundlichkeit gehalten wurde.

Willi träume nicht: der Stau löst sich auf! Zwanzig Meter freie Fahrt liegen vor ihm, schnell den zweiten Gang rein und den Motor auf 30 Stundenkilometer hochgejagt, da kann er mal sehen, was sein gebrauchter Neuer hergibt! Jetzt zuckt es in den Füßen und Hirnen Tausender Neu- und Altbundesbürger, im Autofieber vereint. Sie alle waren noch vor Stunden in ihren Wohnungen zu Fußgängern verurteilt, bevor sie in die lackglänzenden Rüstungen stiegen, um sich in dampfende Abwehrraketen zu verwandeln. Auch Willi läßt die Kupplung kommen. Wer vierzig Jahre lang in östlicher Steppe Trabant fuhr, der möchte jetzt auf freier Wildbahn auch mal mit den Gölfen heulen. Doch da – wer überholt ihn auf der rechten Fahrspur?! Detlef, sein Nachbar! Na, den kennt der doch, diesen kleinen schüchternen Brillenträger, der zu Hause zahnlos sein Frühstücksmüsli mümmelt und heimlich auf dem Klo raucht, weil seine Frau es ihm verboten hat. Aber nun in seinem frisch geleasten BMW wird er zum gnadenlosen Tarzan: War er zu Fuß auch noch so klein – jetzt ist er Stier, jetzt haut er rein! Willi streckt das Gasbein und erklärt mit Lichthupe und Signalhorn dem Nachbarn den Krieg. Denn fehlt es Willi zuweilen auch an Potenz, so doch nicht an Manneskraft, und siehe: Es gelingt ihm, den Nachbarn auf den Randstreifen zu drängen. Wozu ist die Straße da? Zum Massakrieren!

Mit solchen unterhaltsamen Spielen vergeht die Zeit auch bei Tempo 30 wie im Flug, bevor ein neuer Stau die Hormone beruhigt. Willi steigt aus dem Wagen, und der Nachbar steigt aus dem Wagen, und sie gehen beide aufeinander zu und schütteln sich die Hände: Schön, daß wir uns mal wieder sehen! Eben, lange nicht gesehen! Was macht Ihre Frau? Danke. Und Ihr BMW? Mindestens

200! Tja, ich bin schon vor einem Jahr weggezogen! Wie schön!

Sie hätten sich sicher noch näher kennengelernt, aber das Gesetz der Straße ist gnadenlos – der schönste Stau hat ein Ende. Noch bis zur nächsten Abfahrt, dann wird Willi wieder umkehren und heim zu Mutti fahren, die grad den Sonntagsbraten schmort. Aber mal so einen Frühlingsvormittag für sich ganz allein, das braucht halt der Mann.

Einheit spaltet

1992

Die eifrigen Meinungsforscher bestätigen es uns allmonatlich: Die Ostdeutschen und die Westdeutschen lieben sich nicht so, wie sie sollen. Sie stiegen gemeinsam ins großdeutsche Bett, und im Sektrausch gelang ihnen eine von Lustschreien (»Wahnsinn!«) begleitete Umarmung. Das Vorspiel war der Höhepunkt. Aber das Nachspiel ist der Gipfel.

Nun zeigt sich: Das war nicht Liebe auf den ersten Blick. Das war Liebe vor dem ersten Blick. Zudem wurden die Vereinten mit höchst widersprüchlichen Anweisungen verunsichert: Kaum aufgefordert zusammenzuwachsen, hieß es plötzlich wieder teilen. Grad noch lernend, daß Einheit verbindet, hieß es auf einmal, daß Teilen verbindet. Wer laufend die Gefühle wechseln muß, kann nicht zum Orgasmus kommen! Zwar erklärten Ost- wie Westdeutsche, sie wollten teilen. Aber auf nichts verzichten. Darin zumindest waren sie sich einig. Ansonsten aber wußten sie bald voneinander: Ossis sind treu/ doch arbeitsscheu,/ Wessis arrogant wie Sau./ Da die Ganoven,/ und hier die Doofen./ Wir kenn' den andren ganz genau! Und keinem wird es wohl gelingen, diesem Klischee zu entkommen.

Aber ich muß Ihnen sagen: Ich kann das Jammern der Ostdeutschen über den angeblich arroganten Westdeutschen nicht mehr hören. Mit welchem Recht sollte beispielsweise ein Arzt in der Schwarzwaldklinik einen Blinddarm in Vorpommern umarmen, bloß weil dem der Wurmfortsatz juckt? Dieser Arzt braucht für sein Glück vielleicht ein Schwarzwaldmädel oder eine Schwarzwaldtorte – einen Blinddarm aus dem Osten braucht er nicht. An den Osten erinnert ihn bestenfalls der Name der Dresdner Bank. Und von einem Einmal-und-nie-wieder-Trip in die Zone vor zehn Jahren blieb ihm die Erinnerung an finstere Zöllner und finstere Straßen und Dreck, Dreck, Dreck. Kein Wunder, daß da einer aus dem Schwarzwald glauben mußte, hier werde sibirisch gesprochen.

Nein, dieser Arzt ist nicht auf die Straße gegangen, um die Ossilanten in sein geschniegeltes Reich zu rufen, und kein Kanzler hat ihn gefragt, ob er mit den verlorenen Brüdern und Schwestern Inzucht treiben will. Nein, er wußte nicht, was die Schwarzwalduhr geschlagen hatte, als er plötzlich zur Solidarität zwangsverpflichtet wurde. Und jetzt soll er seine in vierzig Jahren erschuftete Million anknabbern, um sich dann ansehen zu müssen, wie sich die von Armut dünnen Ossis in dicke Westautos zwängen und ihn auf der Autobahn rechts überholen? Der Mann kennt Miami und Sacramento und den Strand von Hawaii – soll er da Sehnsucht haben nach einem Abenteuerurlaub im Naherholungsgebiet Bitterfeld? Nein, er kennt uns nicht, und er hat keinen Grund, uns kennenzulernen. Nach den Fernsehberichten über sowjetische Internierungslager und über KZähnlich dahinsiechende Kinder in Schwerbehindertenheimen wußte er, was er schon immer wußte: Dieser sozialistische Staat war faschistoid. Und hatte er da recht? Er hatte recht! Er ist der Sieger. Da kann er nichts dafür.

Wenn Sie, liebe Leser/innen, das arrogant nennen, dann bitte ich Sie, sich vorzustellen, die Schlesier hätten mit dem Ruf »Wir sind deutsch!« den Beitritt zur DDR erzwungen, und sie hätten uns friedlich überfallen mit ihrem Gebettle um ein paar Alu-Chips als Begrüßungsgeld, und sie hätten sich die Einkaufswagen vollgepackt mit unserem guten Spee und unsrer guten Eberswalder Salami und unsrem guten Radeberger, und sie hätten dabei freudig gerufen: Wir sind ein Volk! Und jeder von uns hätte 7 Prozent Oder-Neiße-Friedenszuschlag zahlen müssen, damit die Schlesierdeutschen endlich aufhören zu heulen, weil sie sich noch keinen Delikat-Käse oder Exquisit-Präsent-20-Anzug leisten können. Wir hätten die Beigetretenen bald verflucht: Lernt erst einmal richtig arbeiten!

Aber den verarmten Polen geht es besser als uns: Sie haben keinen reichen Onkel, von dem sie sich in die Arme nehmen lassen müssen. Sie müssen sich selbst helfen. Das bekommt dem Wohlstand schlecht. Aber der Würde gut.

Die roten Panther

1992

Seit es die SED-Wohngebietsgruppe nicht mehr gibt, ist Oma Else in die Illegalität gegangen: Jeden Montag ruft sie den PDS-Einsatzstab zur operativen Festlegung der Strategie und Taktik der Hausgemeinschaft a.D. zur konspirativen Beratung in ihrer Wohnung zusammen.

Auch diesen Montag versammeln sie sich alle wieder: Genosse Opa Frieder und der ehemalige Hausvertrauensmann Windig. Windig war zwar nie organisiert, jedenfalls in keiner Partei, aber er hat Oma Else gebeten, als inoffizieller Mitarbeiter des Einsatzstabes mitwirken zu dürfen. Schließlich wolle auch er sich wieder irgendwo zu Hause fühlen. Da konnte Oma Else, die gute Seele, nicht Nein sagen, zumal sie mit dem erst vierundsiebzigjährigen Windig ihre Bereitschaft zur Verjüngung der PDS manifestieren konnte. Heute schlürft sie besonders aufgeregt durch ihre Wohnung, denn dieser Montag wird ein Kampftag: Der Bundestagsabgeordnete der PDS, Genosse Wackerbart, hat seinen Besuch angekündigt, um die Verbindung zur Basis zu suchen. Oma Else holt aus ihrem Schmuckdöschen ihr SED-Parteiabzeichen, und Opa Frieder hat sich nach langem Ringen durchgerungen, sein letztes Viertel Rondo zu opfern, das er seit der Wende in seinem Küchenschrank vor den Feinden des Sozialismus versteckt hielt. Er übergibt Oma Else feierlich das Päckchen und sagt: »Hier, Genossin! Aber laß noch ein paar Bohnen für den Jahrestag der Kampfgruppen übrig!«

Da klingelt es an der Tür. »Das wird er sein!« schreckt Windig auf. »Drück den Türöffner, Else, damit der obere Genosse rauf kann!« Dann postieren sie sich zum Chor hinter der Wohnungstür, und als der Ehrengast erscheint, singen sie ihm entgegen: »Wir sind die junge Garde des Proletariats!«

Wackerbart schaut irritiert auf das Seniorentrio, aber er ist Realpolitiker genug, um zu wissen: Man muß die Partei nehmen, wie sie ist.

»Grüß Gott, Genossen!« sagt er etwas verlegen, als er den roten Läufer im Korridor entdeckt. »Das ist doch heute nicht mehr nötig.«

»Den habe ich selbst geknüpft«, sagt Oma Else stolz, »aus altem Fahnenstoff. Etwas muß doch von uns bleiben.«

Das Wasser pfeift im Kessel, und bald sitzen sie gemütlich am Kaffeetisch.

»Früher haben wir dich nur im Fernsehen gesehen«, sagt Opa Frieder, »aber du hast dich gar nicht verändert.«

Und Windig ergänzt: »Schön, daß du heute wieder mal den Kontakt zur Masse suchst.«

»Früher waren wir hier vier Genossen«, erklärte Oma Else, »aber unser Kurt ist kürzlich verstorben.«

»Ja, ja«, sagt Wackerbart anerkennend, »unsere Partei erneuert sich.« Dann schluckt er einen Schluck und sagt: »Schmeckt gut, der Jacobs-Kaffee!« Und Opa Frieder zuckt zusammen.

Oma Else versucht die Situation zu retten: »Wir sind glücklich, daß wir bei der Tombola beim PDS-Kleingartenfest grad dich gezogen haben. Der zweite Preis war nämlich nur eine Begegnung mit einem Landtagsabgeordneten. Da hätten wir nie erfahren, wie es in Bonn zugeht. Ihr habt es doch in Bonn schwer, nicht wahr!«

»Ach«, sagt Wackerbart, »wir fühlen uns in Bonn ganz wohl.«

Windig will wissen: »Was habt ihr denn für ein Programm, Genosse? Man hört davon gar nichts.«

Da kommt Wackerbart ins Schwärmen: »Wir haben jeden Tag ein anderes Programm: Mal eine Schiffahrt auf dem Rhein, mal eine Fahrt ins Blaue die Weinstraße lang. Nein, keine Sorge, Genossen, da kommt keine Langeweile auf.«

»Weißt du, Genosse Wackerbart«, sagt Oma Else, »wir denken hier im Haus oft an die schönen Zeiten, als wir noch um die goldene Hausnummer kämpften. Das geht quer durch die Parteien. Auch ein Genosse von der CDU erinnert sich gern. Und wie unsere ganze Hausgemeinschaft früh den Wettlauf zur Wahlurne geübt hat! Heute gibt es einen solchen Zusammenhalt zwischen den Menschen nicht mehr!«

»Mit 99,9 Prozent gemeinsam in die Zukunft!« erinnert sich Windig, aber Wackerbart schränkt ein: »Wir haben auch Fehler gemacht! 99,2 Prozent hätten auch gereicht. Aber nun muß ich gehen.«

»Das verstehen wir«, sagt Opa Frieder, »die Partei ruft.« Aber als Wackerbart weg ist, seufzt er: »Er hat meinen Rondo für Jacobs gehalten. Das ist der Gipfel!«

Protzki, Kotzki, Motzki

1993

Herr Protzki lebt ein stressiges Leben, seit er vor zwei Jahren vom westlichen Niederrhein ins östliche Oberelbien zog.

In seiner Ahnengalerie war er auf einen Onkel Kuno gestoßen, der im Dreißigjährigen Krieg dahinschied und auf einem Dorffriedhof im Mecklenburgischen begraben wurde. Herr Protzki spürte bei dieser Entdeckung das Blut der Vorfahren in seinem Körper wallen und beantragte im neuen Vaterland die entschädigungslose Rückgabe dieses Stückchens alter Muttererde.

Doch auf dem geweihten Boden hatten die Kommunisten widerrechtlich einen Bauernhof errichtet und ihre Komposthaufen angelegt.

Wo Onkel Kunos germanische Gebeine lagen, wohnt seit vierunddreißig Jahren Opa Kurt mit seiner Elsa, um deren Häuschen nun Herr Protzki allwöchentlich langschrittig seinen Besitz abschreitet, bevor er Opa Kurt aus dem Lehnstuhl klingelt und ihm Zwangsräumung ankündigt. Diese Schreckpistole hat Opa Kurts Herz getroffen, ein Infarkt legte ihn nieder. Dies verbuchte Herr Protzki als ersten Erfolg seiner Entwicklungshilfe, obgleich er sich zu humanes Vorgehen vorwirft, da es ihm noch nicht gelang, Opa Kurt samt dessen Elsa zum Selbstmord zu überreden. Nein, da blieben die beiden stur, wie halt Mecklenburger so sind.

Doch der dynamische Herr Protzki larmoyiert nicht, sondern fährt statt dessen mit seinem Mercedes-Leihwagen über die stillgelegten Äcker, sammelt von der einstigen Obstplantage einen faulen Appel und aus dem geschlossenen Hühnerhof ein letztes Ei und kauft davon der Gemeinde ein paar Felder ab, die er in Bauland gewandelt einem Versandhaus verkauft, das von dieser

Stelle künftig aus Glasbunkern seine Ladenhüter gen Osten abschießen will.

Herr Kotzki aus dem südlichen Saxonia indes findet das Geld nicht auf der Landstraße. Denn er hat schon zwei Jahre lang keine Landstraße mehr gesehen, seit er sich in seinen Schmollwinkel zurückzog. Vor drei Jahren hatte der einstige Spätsozialist seine Metamorphose zum Frühkapitalisten beschlossen. Der Muskelkater von der letzten Kampfgruppenübung war noch nicht weg, da schrie er mit Volkes Stimme ein »Helmut! Helmut!« ins neue Morgenrot, und seither wartet er darauf, daß ihn jemand vom Tellerwäscher zum Millionär macht.

Es begann so hoffnungsvoll, als ihm der neue Wirt der »Edeltanne« tatsächlich anbot, als Tellerwäscher bei ihm anzufangen, aber Herr Kotzki lehnte ab, aus Angst, ihm könnten die Teller herunterfallen. So hat ihm die neue Zeit die Karriere versaut, und nun fühlt er sich betrogen von der Welt, die ihm täglich im verdunkelten Zimmer aus dem Fernseher entgegenstrahlt. Nachts träumt er davon, wie ihn einst der Alarm weg von der schweißigen Arbeit im Betrieb hin zur Romantik der Gulaschkanone rief, und wie er sich mit seinen Kampfgenossen im Übungswald in eine glückliche Zukunft schlief. Er fühlt sich verlassen, denn seit ihn Vater Staat nicht mehr an der Hand führt, weiß er nicht mehr, wo es langgeht. Keiner sagt ihm mehr, was er soll. Und keiner sagt ihm mehr, was er will. Das findet er beschissen. Einmal noch hat er versucht, aus seinem Fernsehsessel aufzustehen, aber er spürte, wie anstrengend das ist. Nein, dann schon lieber no future …

An einem Abend im Januar saß Kotzki wieder vor seinem Fernseher, und auch Protzki sah an diesem Abend fern. Kotzki und Protzki lernten in einer Fernsehserie Herrn Motzki kennen. Und Protzki fand, dieser Motzki sei ein Protzer. Und Kotzki fand, dieser Motzki sei zum Kotzen. Und weil Motzki weder einen Opa Kurt austrieb noch für ’nen Appel und ’n Ei Land eintrieb, protestierte Protzki: So ist kein Wessi! Und weil sich Kotzki von Motzki beschimpft und besudelt sah, protestierte Kotzki: So ist kein Ossi!

Protzki und Kotzki schrieben wegen Motzki an Frau Süßmuth, und auch Frau Süßmuth war sauer. Und der Einheitskanzler, der doch eigenäugig gesehen hatte, wie die Gesamtdeutschen am Brandenburger Tor freudetrunken die Sektkorken knallen ließen, zeigte sich erregt über diesen Spalter der Nation namens Motzki, der so böse Klischees schafft von den Protzkis und Kotzkis ...

Nun wurde Herr Motzki nach kurzem dreizehnwöchigem Leben in der Filmkiste begraben. Herr Protzki und Herr Kotzki haben ihn überlebt. Und weil sie nicht gestorben sind, so leben sie noch heut.

Ein Feind, ein guter Feind

1993

... das ist das beste, was es gibt auf der Welt. Ach, wie war doch mein Feindbild in Ordnung, als ich vor 35 Jahren freiwillig zur Armee mußte. Wollte doch der Kalte-Krieg-Kanzler Adenauer die Bundeswehr mit klingendem Spiel durchs Brandenburger Tor marschieren lassen und Kriegsminister Strauß die Sowjetunion ausradieren, und da ich damals mit meinem Freien Deutschen FDJ-Standpunkt nicht ahnte, daß drei Jahrzehnte später zwar nicht die Bundeswehr, aber dafür die D-Mark durchs Brandenburger Tor ziehen und die Sowjetunion sich selbst ausradieren wird, waren diese verbalen Angriffe auf meinen sozialistisch ungetrübten Blick Grund genug, den Klassenfeind überall zu sehen. Die Fronten waren klar.

Wie schwieriger war es da 1990 für einen Volksarmisten, als er sich plötzlich und unerwartet im Ehrenkleid der Bundeswehr wiedersah. Zwar sagte einer, der ohne einen Schritt zu wagen überlaufen mußte, in einem Interview: »Ich bin auch in der Bundeswehr bereit, den Feind zu vernichten!« – bloß welchen?

Er, der gelernt hatte, daß die Bundeswehr der Feind sei, er hätte nun im Manöver sich selbst erstürmen müssen, wäre er nicht in einem Crash-Kurs umgeschult worden, daß die falsche Seite nun die richtige ist. Stell dir vor: Zwei Armeen stehen sich gegenüber, und niemand sagt ihnen, wer der Feind ist! Denn der Feind im Osten hatte sich feige aufgelöst. Ohne Vorwarnung!

Nun war also nicht einmal mehr auf den Feind Verlaß. Das verunsicherte einige Bundeswehrgenerale, die grad den Jäger 90 in Auftrag gegeben hatten, um mit ihm die MiG 29 zu bekämpfen. Doch die konnten sie nun aus NVA-Beständen selbst übernehmen, und mancher befürchtete schon, daß sich in einem Luftkrieg beim Kampf gegen die MiG die Bundeswehr selbst vernichten würde. So tödlich kann es ausgehen, wenn das Feindbild plötzlich weg ist.

»Deutschland ist jetzt nur noch von Freunden umgeben!« rief Kanzler Kohl in einem weitsichtigen Moment vor zwei Jahren aus, und dies muß auf die Militärplaner auf der Hardthöhe wie ein Gehirnschlag gewirkt haben. Sollten sie etwa, vom Frieden bedroht, künftig Jodelunterricht an der Volkshochschule geben oder auf ABM-Stellen Wiesen bohnern?

Nein: Auch der oberste Feldherr Wörner sieht keinen Grund für ein neues NATO-Konzept. Denn nur noch von Freunden umzingelt zu sein – das gibt ein völlig neues Bedrohungsgefühl! Hat sich auch der Feind verkrochen – unser Wehrwille bleibt ungebrochen! Ein Lied! Am besten eins aus dem neuen Bundeswehr-Liederbuch »KAMERADEN SINGT!«, das zur Stärkung der Kampfmoral in den Kasernen in West und Ost verteilt wurde: »Mit donnerndem Motor, so schnell wie der Blitz, dem Feinde entgegen, im Panzer geschützt. Voraus den Kameraden im Kampf ganz allein, so stoßen wir tief in die feindlichen Reih'n!« Und wenn der Chef einer Panzerkompanie in Württemberg klagt: »Meine Leute fragen mich, wofür sie noch kämpfen sollen!« – auch gegen diese Verunsicherung weiß das Singbuch Rat: »Unsre Linke an dem Schwerte, in der Rechten einen Spieß, kämpfen wir, so weit die Erde, bald für das und bald für dies.« Um für das und dies in der Welt zu kämpfen, muß lediglich noch das Grundgesetz geändert werden. Wir werden den verlorengegangenen Feind schon wiederfinden, irgendwo in der Welt. Oder sollen etwa unsere jungen deutschen Männer waffenlos zusehen müssen, wie in anderen Ländern fröhlich geschossen wird? Wer möchte schon gern Drückeberger genannt werden?! – Ich. Ich bin kein so patriotischer Deutscher, von dem Scharnhorst einst behauptete: »Alle Bürger sind geborene Verteidiger.« Mir wurde Jahrzehnte eingeredet, ich müsse die DDR lieben. So viel befohlene Vaterlandsliebe macht schnell impotent. Mit mir ist kein Fahneneid mehr zu schwören.

Doch ich laß mich ein, das Mögliche zu denken, das unmöglich scheint: Daß es ein Deutschland gibt, dessen Kasernenhöfe mit Löwenzahn zuwachsen, und die Soldaten gehen nach Hause und machen der Frau ein Kind. Auf den ehemaligen NVA-Flug- und Schießplätzen starten die Kinder ihre Trittroller-Rennen, und die von der Wehrpflicht Befreiten helfen in Krankenhäusern, Pflegeheimen und Sozialstationen ... Aber solche Gedanken-Purzelbäume zum heutigen 13. Februar sind zersetzend und daher vaterlandsfeindlich. Deutsche Heldenväter spinnen weiter Jäger-90-Latein, fliegen in Lapas-Höhen, ohne zu fliegen, träumen von Waffengeschäften nach Taiwan oder Bosnien und beten für die Toten. Nein, ein so patriotischer Deutscher möchte ich nicht sein.

Die nicht totzukriegenden Metastasen

1993

Wäre es nach der Staatsanwaltschaft des Berliner Landgerichts gegangen, wir hätten wohl irgendwann zwischen Herbst 1993 und dem Frühjahr 1995 Gerichtsprotokolle folgender Art zu lesen bekommen:

Auf der Anklagebank hockt, in sich zusammengefallen, aber unübersehbar, der Leberkrebs. Sein Besitzer ist kürzlich verstorben. Der Krebsverteidiger fordert die Einstellung des Verfahrens wegen Verhandlungsunfähigkeit des Mandanten, aber der Richter verweist darauf, daß die ärztlichen Gutachten nicht eindeutig belegen, daß der Krebs bösartig sei.

Julius Hackethal hält den Tumor nach wie vor für einen Fuchsbandwurm und nutzt damit die einmalige Chance, als Arzt auf sich aufmerksam zu machen. Nebenkläger Plöger erklärt, er werde im Falle eines Prozeßabbruchs so lange beim Bundesverfassungsgericht einstweilige Verfügung erlangen, bis die Geschwulst vernichtet sei. In seinen einstigen Jubel, daß der gesamte Kommunismus zusammengebrochen ist, mischte sich schon bei Prozeßbeginn die Wut, daß die Metastasen des Angeklagten den Sozialismus überlebten.

Nach zehn Verhandlungsminuten sacken die Metastasen noch mehr in sich zusammen und wuchern resignierend vor sich hin, was das Landgericht veranlaßt, den Krebs identifizieren zu lassen, um festzustellen, ob das wirklich der Krebs ist.

Sollte nun auch noch der Krebs wegsterben, müsse das Verfahren eventuell vom Krebs abgetrennt, aber unter allen Umständen weitergeführt werden, heißt es in einer Erklärung der Fachzeitschrift »Das gesunde Staatsorgan«. Erst eine Verurteilung sei für den Rechtsstaat das Ende.

Liebe Leser/innen: Wenn Sie diese Prozeßschilderung makaber finden – ja, der Prozeß war es. Ich hatte jedenfalls Geschichtsaufarbeitung anders verstanden, als monatelang die Länge eines Tumors zu vermessen.

Und wenn es auch nicht sehr populär ist, dies zu sagen: Bei all seiner Borniertheit und bei allem, was mit seiner vasallentreuen Hilfe angerichtet werden konnte, nötigt mir die sture politische Konsequenz Honeckers von der Moabit-Zelle unter Hitler bis zur Moabit-Zelle im Rechtsstaat immer noch einen Rest von Achtung ab.

Wäre Honecker KZ-Kommandant gewesen, er hätte auf Freispruch hoffen dürfen. Mir kommt ein Prozeß Anfang der sechziger Jahre in Hamburg in den Sinn, bei dem ein KZ-Mörder, dem die Vergasung von über zwanzig Kindern nachgewiesen worden war, mit der Begründung freigesprochen wurde, er habe durch einen schnell herbeigeführten Tod, bei dem die Kinder nicht leiden mußten, humanistisch gehandelt.

Aber damals urteilten Besiegte über einen Besiegten.

Bei diesem Prozeß zeigten die Sieger einem Besiegten: Rache muß kalt genossen werden. Wie schon Adenauer sagte.

Im Dezember 1989 schrieb ich in einem Chansontext über meine einstigen VerFührer:

Nein, wir wolln nicht in Gefängniskellern eure Würde
brechen.
Schon zu viele sind zerbrochen. Nein, wir wollen uns
nicht rächen.
Nein, ihr sollt nicht krank und ohne Hilfe aus dem
Blechnapf fressen.
Wir wolln nicht nach eurem Vorbild Schuldgeständ-
nisse erpressen.
Wir hörn die von euch Zertretenen zu ihrem Glauben
beten.

Doch wir wollen nicht wie ihr mit Seelenfolter
Menschen treten.
Ich bin dafür, daß man auch euch ins zehnte Stockwerk steckt,
damit ihr nicht wie andre einst im Altersheim
verreckt.
Dann freilich muß die Mindestrente jeden Monat
reichen.
Ihr saht doch stets als größtes Glück zu leben unter
Gleichen.
Dann könnt ihr nebenan mit uns gemeinsam Schlange
stehn
und müßt zur Strafe jeden Tag uns in die Augen
sehn ...

Nun, in die Augen sehen wird uns E.H. nicht mehr müssen. Nach der Gnade folgte die Toleranz, zu der er selbst nie fähig war.

Seine letzten Stunden in Deutschland aber glichen jenem Spektakel, das er sich in seinen Herrschertagen selbst organisieren ließ: Dutzende Reporter geilten darum, ein Lächeln oder ein Wort von ihm zu erheischen. Ich habe darauf gewartet, daß jeden Augenblick der Kanzler den roten Teppich auf dem Flugplatz ausrollen wird, um ihm hinterher zu rufen: »Danke, Erich, daß du gehst! So muß ich wenigstens bei deinem Prozeß nicht der Beihilfe angeklagt werden!«

Wir aber werden es schwer haben. Nun können wir nicht mehr auf den Schuldigen zeigen, um von unserer Schuld nicht sprechen zu müssen.

Uns bleibt nur die Genugtuung, daß ihn in Chile doch noch die gerechte Strafe erwarten wird: Margot!

Das ist der Gipfel

1994

Daß die G-7-Vertreter Rußland ein Taschengeld von 30 Milliarden Dollar schenken, finde ich schlitzäugig.

Das sieht man schon daran, daß das Paket in Japan abgeschickt wurde. Wenn auch noch Theo Waigels Traum in Erfüllung gehen soll, nun werde es den Russen sichtbar besser gehen, bleibt Jelzin doch nichts anderes übrig, als von diesem Geld auf dem Roten Platz Wodka auszuschenken. Und schon wird aus dem Taschengeld ein Trinkgeld. Man kennt doch die Russen!

Nicht einmal Bedingungen haben die sieben Reichen gestellt. Außer, daß Rußland in Wirtschaft und Politik alles so macht, wie es die glorreichen Sieben wollen. Deutsche Panzer konnten im Krieg nicht einmal bis Moskau rollen, D-Mark und Dollar überrollen nun ganz friedlich den Ural. »Vor uns liegt nun die Chance, für *uns* eine neue Weltordnung zu schaffen«, sagte der amerikanische Präsident beim letzten Weltwirtschaftsgipfel. Wir müssen dem Osten nicht mehr den Krieg erklären – der Osten *will* von uns erobert werden. Denn wer will nicht unsere Weltordnung? Längst müssen wir nicht mehr wie in früheren Jahrhunderten andere plündern, versklaven und morden lassen, um unser Kapital zu mehren. Wir verurteilen die Methoden unserer Vorfahren. Wir haben heut die Marktwirtschaft fürs humane Sterben: Fressen oder gefressen werden. Der Internationale Währungsfonds und die Weltbank pressen heute aus der Dritten Welt schon mehr an Rückzahlungen samt Zinsen alter Kredite, als sie neue vergeben. So leisten sie Entwicklungshilfe, indem sie helfen, sich gut zu entwickeln. Wie sagte doch der Leiter des Entwicklungsprogramms der Vereinten Nationen? »Ich glaube an die Zauberkraft des Marktes.«

Bevor nun über Rußland unser Zauber kommt, haben

wir ja die Dritte Welt schon mit unserer Entwicklungshilfe verzaubert.

Aber die Dritte Welt ist undankbar: In den nächsten 25 Jahren wird durch das triebhafte Rumgebumse dieser Naturvölker die Menschheit ebenso wachsen wie von der Eiszeit bis zum zweiten Weltkrieg. Diese Bevölkerungsexplosion ist für uns eine Bombendrohung. Ein Glück, daß heute schon 20 Prozent verhungern. Das bedeutet vergleichsweise ein Aussterben von Deutschland und Frankreich. Nur um den Erfolg mal bildhaft zu machen.

So gesehen, müssen wir den Eingeborenen wiederum dankbar sein für ihr Entgegenkommen bei unseren Bemühungen, ihre Probleme zu lösen. In den ersten zwei Jahrzehnten des nächsten Jahrhunderts ist dort mit 900 Millionen Verhungerten zu rechnen. So viel Tote würden wir nicht einmal mit Hunderten Atomwaffen schaffen. Das macht uns ein wenig optimistisch, daß wir noch ein bevölkerungsfreies ruhiges Plätzchen finden, wenn wir in fünfzig Jahren aus unserer verpesteten Ersten Welt in die Dritte flüchten müssen.

Da wir wild entschlossen sind, unsere Erste Welt zu zerstören, unserer gesicherten Zukunft willen, müssen die Wilden entschlossen sein, uns ein Stückchen heile Welt zu erhalten. Nur gut, daß sie es sich nicht leisten können, Autobahnen über den Titicacasee zu bauen oder die Bananen im Plastebeutel durch den Urwald zu schleppen. Wer zum Verrecken arm ist, kommt nicht auf so dumme Ideen, mit Autos und Chemie in den Exitus zu rasen, sondern ist gezwungen, einen ökologisch vertretbaren Hungertod zu sterben. Aber ein paar müssen schon noch am Leben bleiben. Damit sie uns die Koffer tragen können, wenn wir kommen.

Bis dahin aber werden wir mit unserer Weltordnung in der Welt für Ordnung sorgen. Eine Weltordnung muß herrschen, wenn Ordnung herrschen soll auf der Welt.

Nein, wir wollen die Welt nicht verändern, denn dann müßten wir uns ja verändern. Gott erhalte uns unseren Wohlstand und bewahre uns vor den Armen. Wir hassen die Armut, in panischer Angst, selbst arm zu werden. Und wenn wir in der Ersten Welt arm sind, wer sollte dann den Armen in der Dritten Welt die Milliarden geben?

Mein Sohn hat mich gefragt, warum ich immer von der Dritten Welt spreche, es gäbe doch nur eine Welt. Okay – und die möge bleiben, wie sie ist. Und wenn Gott sie uns nicht so erhalten sollte, falls er sie für ungerecht hält – die G-7-Götter werden für unsere Gerechtigkeit sorgen. Da mache ich mir keine Sorgen.

Urlaubsreif

1994

Es ist wieder so weit. Zu Abertausenden geben wir uns in diesen Tagen den kollektiven Marschbefehl und emigrieren in die Ferne. Aus der geschäftlichen Hektik von Großraumbüros, Verkehrschaos und Kaufhausgewühl fliehen wir zwischen Koffer und Familienbagage geklemmt hinters Lenkrad.

Vatis Fuß zuckt auf dem Gaspedal, so daß Motor und Mutti erschreckt aufjaulen. Der Wagen schießt, ohne die linke Spur zu verlassen, direkt auf die Autobahn, bis im Frühstau zu Berge wir stehn, vallera. Noch ehe die Sonne versinkt im blauen Abgas wunderbar, erreichen wir den Frankfurter Flughafen mit Müh und Not, drängen in der Hundertmeterschlange bis zur Abfertigung, zwängen uns in den Jumbojet, um stundenlang auf einem viel zu engen Sitz angeschnallt und mit vor Flugangst verzerrtem Gesicht einem Todeskandidaten auf dem Elektrischen Stuhl zu gleichen. Endlich öffnen sich nach verspäteter Landung die Türen des fliegenden Transportpanzers, und wir purzeln mit steifen Gliedmaßen die Gangway hinunter mitten hinein in die Kreislaufkollaps-Hitze. Geduckt unter dem Gedröhn startender Maschinen ein kurzer, hechelnder Zwischenspurt, um einen Gepäckwagen zu ergattern. Ein erster Etappensieg: der richtige Hotelbus schüttelt uns bis zum richtigen Hotel, wo wir grad noch den ersten Essendurchgang erreichen und frohgemut im Restaurant »Exotic« ein deutsches Schnitzel kauen dürfen, während hinter uns schon der zweite Durchgang auf die Plätze lauert. Mit letzter Kraft erreichen wir die Betten, fallen siegreich aufs Laken, und Mutti ruft dem schon schnarchenden Vati glücklich zu: »Wie schön! Endlich wieder mal die ganze Familie zusammen in einem Zimmer!« Aus der darunter tobenden Techno-Disco bumst es noch ein paar Stunden per Baßverstärker in die Betonzellen der die Nachtruhe genießenden Urlauber.

Aber der Schlaf währt nicht lange: Früh gegen fünf rüttelt Vati die Mutti wach. Mutti, noch im Halbschlaf, ist irritiert: Was denn, um die Zeit hat er doch noch nie gewollt!? Aber da zischt Vati in ihr Ohr: »Los, Gerda, schnapp dir die Handtücher, wir müssen die Liegen besetzen!« Zu spät! Für diesen Tag muß sich die Familie mit einem freien Quadratmeter steinigen Strands begnügen, um sich zwischen Tausenden in der Tropenglut röstenden Fleischklumpen niederzulassen. Zum Torso zusammengefaltet, die Knie im Bauch des nächsten Grillhähnchens, tippt Vati den Nachbarn verlegen an, um ihn höflich aufmerksam zu machen: »Sie, das ist mein Rücken, den Sie sich da einschmieren!«

Aus einem Recorder kämpfen die ABBAs gegen Tom Jones aus dem Strandbarlautsprecher, ein bauchiger Vertreter der freien Strandwirtschaft steigt über die wie zwei Spiegeleier in der Sonne brutzelnden nackten Brüste von Mutti und preist seine Coca-Cola mit kanarischen Urlauten, die Vati auch unter Benutzung des Spanischwörterbuches nicht enträtseln kann. »Ach, unter freiem Himmel in freier Natur«, schwärmt Mutti, und Vati summt das alte Kampflied »Brüder, zur Sonne zur Freiheit« romantisch vor sich hin, während am Ufer die Motoren der Speedboote vor Freude dröhnen.

Keinen Hautkrebs scheuend, wälzen sich die Individualtouristen in Massen erst vom Strand, als die Wolken das Ozonloch schließen, und alle treffen sich abends im Speisesaal, wo lustige Animateure den sonst so verklemmten Vati so lange anmachen, bis er beim Eiertanz die Hosen fallen läßt und dafür als ersten Preis einen Lolli gewinnt. Abgefüllt mit Barcadi-Rum und Campari spät nachts wieder im Schlafsilo, leistet sich der luxusverwöhnte Urlauber noch eine Stunde RTL oder SAT 1 frisch aus der Schüssel, um in früher Stunde diesmal beim Kampf um die Liegen der Erste zu sein.

So erholsam gehen die erholsamen Tage dahin. Und wenn wir, vom Streß befreit, nach zwei Wochen wieder zurückkehren in die Hektik von Büros, Kaufhausgewühl und städtischem Verkehrschaos, haben wir das gute Gefühl, Kraft getankt zu haben bis zum erholsamen Urlaub im nächsten Jahr.

Alles, was recht ist

1994

Ich bin auf gutem Weg, die DDR aus meinem Gedächtnis zu streichen. Aber immer, wenn ich Markus Wolf sehe, kommt sie mir wieder in den Sinn. Dies sind harte Rückschläge für meinen Blick nach vorn. Deshalb begrüße ich es, daß der böse Wolf dahin soll, wo ihn keiner mehr sieht: in die Zelle.

In den achtziger Jahren hat mir der Westen diesen

Mann als einen Reformer und Hoffnungsträger präsentiert. Ich entsinne mich noch, wie ihn sich der »Spiegel« in die Führungsriege eines reformierten Sozialismus wünschte. Da muß das Nachrichtenblatt vom Bundesnachrichtendienst schlecht benachrichtigt worden sein. Die Geheimräte um den Ex-BND-Chef Klaus Kinkel wußten damals sicher noch nicht, daß Wolf ein gefährlicher Spion war.

Die beiden im selben Ort geborenen Arztsöhne Kinkel und Wolf einte der Berufswunsch. Sie wollten beide Spionagechef werden und dem Vaterland dienen. Glücklicherweise gab es zwei deutsche Vaterländer, so daß jeder eins abbekommen konnte. Der Klaus suchte sich den untergehenden Kapitalismus aus, der später der siegreiche wurde, und der Markus suchte sich den siegreichen Sozialismus aus, der später untergehen sollte. Hätten sie sich anders entschieden, wäre der Markus heute Außenminister und Klaus Angeklagter. Die Geschichte eierte in die richtige Richtung, und in ihren Annalen wird stehen, daß der eine ein guter und der andere ein böser Spionagechef wurde. Wer sich beim Dienen vor seinem Vaterland zu tief verneigt, kann das nicht voraussehen. »Der Unterschied liegt darin, daß die bundesdeutschen Geheimdienste zum Schutz der Bundesrepublik tätig geworden sind, die DDR-Nachrichtendienste hingegen zur Gefährdung ihrer Sicherheit beigetragen haben.« So urteilten die obersten weisen Bundesrichter. Das ist aber auch unverständlich, daß der DDR-Oberspion nicht zum Schutz der Bundesrepublik tätig war. Das muß er nun büßen. Nur ein verurteilter Verlierer ist ein guter Verlierer.

Ich bin, wie gesagt, auf gutem Weg, die DDR zu vergessen. Aber immer, wenn ich den Modrow sehe, kommt sie mir wieder hoch. Wurde doch unser Dresdner Bezirkssekretär in den westdeutschen Handelsblättern mit BILD an der Spitze als ostdeutscher Gorbatschow gehandelt.

Wie sollte ich da ahnen, daß der vom Westen so geliebte Hans die Wahlen so bösartig fälscht?! Daß unsere Wahlergebnisse manipuliert werden, das hat doch damals keiner von uns gewußt! In der DDR erfuhr man ja nichts!

Also – hätte ich das gewußt, ich wäre doch nie zur Wahl gegangen und hätte für die Kandidaten gestimmt, gegen die ich sowieso immer war. Aber ich habe mir meinen Widerstand nicht anmerken lassen, da kann mir keiner was vorwerfen! Natürlich steckte ich meinen Stimmzettel öffentlich in die Urne. Aber immer unter dem Motto: Augen zu und aufgepaßt! Wäre ich in die Kabine gegangen, hätte doch der Biologielehrer, der am Wahltisch die Häkchen in die Listen häkelte, gleich gewußt, daß ich so denke wie er. Und das durfte er ja nicht wissen, weil es geheime Wahlen waren. Das war ja das Schlimme, daß wir überhaupt nichts gewußt haben.

Auch der Hans Modrow hat bestimmt nicht gewußt, daß er die Wahlergebnisse gefälscht hat. Ich denke aber, daß das ein notwendiger Prozeß ist. Denn wenn herauskommt, daß nicht 99,98 sondern nur 98,99 Prozent dafür waren von denen, die dagegen waren, weiß ich doch endlich, wie sehr ich betrogen wurde, wenn ich voller Abscheu die Kandidaten wählte. Ich finde es gut, wenn einer wie der Modrow schuld ist, da muß ich nicht schuld sein.

Sagte ich es schon, daß ich auf dem richtigen Weg bin, die DDR zu vergessen? Aber immer, wenn ich so einen grünen Pfeil an unseren Straßenkreuzungen sehe, schimmert sie wieder durch mein Gedächtnis! Deshalb fordere ich Prozesse gegen alle grünen Pfeile, die immer noch zu Abertausenden frei in der neuen Ordnung herumhängen und unsere neuen Menschen in den neuen schwarzen Limousinen mit ihrem richtungsweisenden Grün an rote Zeiten erinnern! Was in der DDR Verkehrsrecht war, muß nun endlich verkehrtes Recht werden. Wozu haben wir denn den Rechtsstaat!

Unparteiische Fragen

1995

Im Grundgesetz las ich, eine Partei sei eine Vereinigung von Menschen, die Anhänger der selben politischen Lehre sind.

Seit ich mit perverser Lust die Debatten im Bundestag verfolge, nährt sich der Verdacht, dies könne ein Druckfehler sein, und es müsse Leere heißen. Ich meine nicht nur die Leere im Saal, wenn es um zukunftsentscheidende Fragen wie Sozialabbau oder Arbeitslosigkeit geht. Warum wird das Plenum nur zur Vollversammlung, wenn die Abgeordneten die Erhöhung ihrer Diäten beschließen?

Und da bin ich schon mittendrin in meiner Fragestunde: Warum üben sich CDU-Abgeordnete im Kritzeln von Strichmännchen und privater Konversation, wenn einer von der SPD spricht? Könnte es nicht vorkommen, daß auch ein Redner der Opposition Vernünftiges äußert, so daß zuhören sinnvoll wäre?

Warum flüchten ganze Fraktionen aus dem Hohen Haus, sobald einer aus Gysis Truppe ans Rednerpult tritt? Wollen sie so ihre gewohnten Buh-Rufe vermeiden, weil die ihnen zu undemokratisch erscheinen? Kinder erhielten bei derartiger Flegelei Stubenarrest.

Wann verfaßt jemand einen Knigge für Abgeordnete, in dem Toleranz gegenüber Andersdenkenden als Umgangsform beschrieben wird, für die man sich nicht schämen muß?

Warum dürfen FDP-Abgeordnete nur nicken, wenn ihr Koalitionspartner nickt? Warum bedeutet Freiheit der Entscheidung Fraktionszwang und nicht Gewissenszwang? Oder hat nur für mich Ostler Parteidisziplin so einen faden Geschmack? Warum darf es keine wechselnden Mehrheiten geben? Warum wird es wie Verrat geahndet, dem Vorschlag zuzustimmen, der der bessere ist, egal, welche Partei ihn unterbreitet? Oder würde das all die schönen Feindbilder durcheinanderbringen? Es genügt ja schon, daß einer wie Heiner Geißler mit seiner sachlichen Argumentation mein Klischeebild von der CDU aufs Übelste zerstört. Klingt es nicht mitunter regierungskritisch aus seinem Mund, als sei er Geheimagent der Opposition? Und klingt es nicht mitunter aus Schröders Mund, als sei er der beste Kanzlerkandidat, den die CDU jemals hatte?

Ich stelle mir vor, Biedenkopf, Gysi und Lafontaine säßen parteilos am Biertisch und würden sich verstehen oder sich zumindest auf gemeinsame Skatregeln einigen, und ich halte das nicht für ausgeschlossen.

Warum sind über 60 Prozent aller wichtigen Positionen im Öffentlichen Dienst und bei Rundfunk und Fernsehen mit Parteimitgliedern besetzt, obwohl nur zwei Prozent aller Deutschen in einer Partei sind? Weshalb kommt mir das so bekannt vor, daß die Karriere vom richtigen Parteibuch abhängt? Warum muß ein Wirtschaftsminister Mitglied der FDP sein und nicht ein Kenner der Wirtschaft? Käme jemand auf die Idee, einen einarmigen Kunsthonigproduzenten zum Ersten Geiger eines Sinfonieorchesters zu berufen? Warum kann dann ein Umweltminister von heut auf morgen Bauminister werden und ein Geheimdienstchef Außenminister?

Warum Frau Nolte überhaupt Ministerin werden kann, wag ich da gar nicht zu fragen.

Ich will auch auf die Frage verzichten, ob die PDS in zwanzig Jahren, gäbe es sie dann noch, immer noch als Nachfolgeorganisation der SED bezeichnet wird. Denn das zöge die Frage nach sich, ob die CDU nach zweihundert Jahren immer noch als Nachfolgeorganisation der Inquisition betitelt werden müßte. Das wäre ungerecht.

Schließlich würde die SPD auch protestieren, würde man sie als Nachfolgerin der Arbeiterpartei beschimpfen.

Lassen Sie mich noch die Frage stellen, warum Politiker immer versprechen, daß alles besser wird. Warum wird es dann nie gut?

So viele Fragen ... Parteien sind, las ich im Grundgesetz, das Sprachrohr des Volkes. Da muß das Rohr gegenwärtig verstopft sein.

Das Ende – ein Anfang

1995

Mein Freund Gottfried hat eine Lebenskrise. Sein Computer ist ausgefallen. Grade jetzt, da er mit seinem Geschäftspartner kommunizieren muß, damit der Auftrag für die Firma nicht platzt.

Gottfried wäre sogar bereit, ihm die Unterlagen persönlich zu überreichen. Sein Büro ist ja gleich schräg über die Straße. Mit dem Auto sind das höchstens dreißig Sekunden. Schließlich will er seinen engsten Kompagnon nicht enttäuschen. Er kennt ihn ja schon seit vier Jahren. Aber wie soll er ihn finden?

Gottfried weiß ja nicht, wie er aussieht. Er verkehrte mit ihm bisher nur per e-mail. Und an das Geld für die Transaktion kommt Gottfried auch nicht ran. Er könnte seine Bank anrufen. Telefonbanking ist ja längst kein Problem mehr. Wenn er die Nummer wüßte. Denn seit er an seinem Apparat nur noch die programmierten Tasten drücken muß, hat er zunächst alle Telefonnummern und dann die Namen selbst seiner besten Freunde vergessen. Nur ab und zu plagt ihn mal das Gewissen: Ich müßt mich mal wieder beim dritten Knopf von oben melden.

Glücklicherweise rief die Bank bei Gottfried an, daß ein Virus ihre Computer befallen habe. Alle Daten seien gelöscht. Nicht, daß der Banker sich stur stellt. Gottfried ist mit ihm per Anrufbeantworter eng befreundet. Aber auf einem gelöschten Konto ist nun einmal kein Geld. Das mußte Gottfried natürlich einsehen. Die Bank würde Gottfried mit einem Kredit entgegenkommen, wenn er sich legitimieren könnte. Aber wie soll er sein Geburtsdatum rauskriegen, wenn sein Computer Alzheimer hat?

Die einzige Möglichkeit wär, Gottfried ginge persönlich zur Bank. Aber er weiß nicht, wo sie ist. Und der Banker kann es ihm nicht sagen, weil der abgestürzte Computer der Bank die Anschrift der Bank vernichtet hat.

Das wäre nicht das größte Problem. Aber die Bank sitzt nun auf ihren Millionen und weiß nicht, wem sie gehören.

Das wäre nicht das größte Problem. Aber die Millionäre können ihre Millionen nicht nachweisen und sitzen im Minus. Sie müßten aufs Feld, heimlich Kartoffeln roden, um sich zu ernähren.

Das wäre nicht das größte Problem. Aber wie sollten sie die Felder finden? Sie wissen zwar, Geld stinkt nicht. Aber wie sollen sie noch wissen, wie Kartoffelkraut riecht?

Aber das wäre nicht das größte Problem. Stellen Sie sich vor, der Virus hätte auch die Computer im Weißen Haus lahmgelegt. Sie könnten den Präsidenten nicht mehr alarmieren, in welcher Gegend der Welt er morgen die Menschenrechte retten muß.

Das wäre nicht das größte Problem. Aber dann wüßte er ja auch nicht, in welche Richtung er die Raketen abschießen soll. Da müßte sich der Präsident vielleicht noch persönlich auf die Socken machen, um zu erkunden, wo er eingreifen muß. Und dann landet er womöglich am Bosporus und nennt die Eingeborenen Bospo-Russen. Das ist alles schon in der Geschichte passiert. Aber das weiß ja dann auch keiner mehr. Denn wenn ein Weltvirus alle Computerprogramme killt, ist die ganze Weltgeschichte gelöscht, und wir stünden wieder am Anfang. Die ganze Menschheit rauf auf die Bäume und noch mal von vorn beginnen. Das wäre vielleicht eine Chance?

Zwei links, zwei rechts, zwei fallenlassen

1995

Herr Lincke steht links. Herr Rächter steht rechts. Herr Mittig steht in der Mitte. Herr Lincke trägt manchmal ein Transparent. Auf dem steht RECHTE RAUS! Herr Rächter trägt auch ein Transparent. Auf dem steht LINKE RAUS! Herr Mittig trägt manchmal ein Transparent. Auf dem steht RECHTE UND LINKE RAUS! Selbst wenn Herr Mittig nicht weiß, wohin mit den Linken und Rechten, wäre es um ihn nicht gut bestellt ohne Links und Rechts, denn dann stünde er nicht mehr in der Mitte. Und Herr Mittig steht immer in der Mitte. Die Mitte ist immer da, wo die meisten stehen. Wo die meisten stehen, steht man am sichersten.

Herr Lincke spricht nicht mit Herrn Rächter. Herr Lincke ist ein Intellektueller. Weil er ein linker Intellektueller ist, weiß er, daß Herr Rächter kein Intellektueller sein kann, weil ein Intellektueller kein Rechter sein kann. Jedenfalls würde das nicht in Herrn Linckes Weltbild passen, und was nicht in Herrn Linckes Weltbild paßt, existiert für Herrn Lincke nicht. Er ist sich ganz sicher, daß Herr Rächter saublöd sein muß. Dumpf im Denken. Das merkt Herr Lincke schon daran, daß Herr Rächter anders denkt. Wer anders denkt, ist ein Faschist. Oder ein Beinahe-Faschist. Wie zum Beispiel dieser Herr Mittig. Denkt Herr Lincke.

Herr Rächter kennt Herrn Lincke nicht. Aber er weiß genau: Linke muß man vernichten. Ohne Gewalt. Sagt Herr Rächter, wenn er öffentlich redet. Aber meist redet er nicht. Er handelt. Während Herr Lincke nie handelt, sondern nur redet. Am liebsten mit sich selbst. Denn Herr Rächter spricht nicht mit Herrn Lincke. Herr Rächter spricht mit dem Volk. Weil das Volk von Herrn Lincke die Schnauze voll hat und von Herrn Mittig enttäuscht ist, spricht er manchmal erfolgreich mit dem Volk. Das kann Herrn Lincke nicht passieren. Denn er spricht nicht nur mit Herrn Rächter nicht, sondern auch nicht mit dem Volk. Nicht mehr. Das Volk hat Herrn Lincke schon zu oft enttäuscht, weil es so oft nicht wollte, was Herr Lincke wollte. Obwohl Herr Lincke immer ganz genau wußte, was das Volk zu wollen hat. Lieber nicht wissen, was das Volk denkt, als noch einmal von ihm enttäuscht werden. Herr Rächter weiß, was das Volk denkt, und deshalb sagt er auch immer das, was das Volk denkt. Manchmal hat das Volk recht mit dem, was es denkt. Alles Dissidenten, denkt Herr Lincke verächtlich und schmollt.

Herr Mittig steht verunsichert zwischen den beiden, im nötigen Abstand zu links, abwägend, ob die Distanz zu rechts noch groß genug sei, daß man es eine Distanz nennen kann. Er hat sich entschlossen, Distanz durch Nähe zu wahren.

Herr Lincke fürchtet die Rechten. Herr Rächter haßt die Linken. Herr Mittig haßt die Linken und fürchtet die Rechten. Denn er fürchtet um seine Demokratie. Um die Demokratie zu schützen, träumt er von der Diktatur. Mit der würde er die Demokratie schon retten! Herr Lincke träumt auch. Träumen ist für ihn Pflicht. Ob das, wovon er träumt, eine Demokratie oder eine Diktatur ist, kann er im Traum schlecht erkennen. In der Realität war es ja mehr eine demokratische Diktatur. Das nächste Mal will er es vielleicht mit einer diktatorischen Demokratie versuchen.

Herr Rächter hat keine Zeit zum Träumen. Er ist schon am Werk, die Demokratie, die keine ist, mit demokratischen Mitteln, die keine sind, zu bekämpfen. Die Rechten sind an allem schuld, sagt Herr Lincke. Die Linken sind an allem schuld, sagt Herr Rächter. Die Linken und die Rechten sind an allem schuld, sagt Herr Mittig.

Herr Mittig ist schuld. Darin sind sich Herr Lincke und

Herr Rächter einig. Die Rechten sind alles Faschisten, sagt Herr Lincke. Daß es auch Linke gibt, die Faschisten sind, sagt er nicht. Die Linken sind Schweine, sagt Herr Rächter. Daß es Rechte gibt, die Schweine sind, sagt er nicht. Herr Mittig hält alle Linken und Rechten für radikal, weshalb man sie radikal bekämpfen müsse.

Würden Herr Mittig und Herr Lincke und Herr Rächter miteinander reden, wäre das für alle drei eine Katastrophe: Sie hätten kein Feindbild mehr. Deshalb reden sie nicht miteinander. Wenn Sie, liebe Leser/innen, denken, daß das, was Sie hier lesen, ziemlich schwachsinnig ist: Das denke ich auch.

Kunst und Honig

Rede zur Eröffnung des Dresdner Schauspielhauses 1995

Verehrte Damen und Herren,

der Kunststadt Dresden, so munkelt manch Nörgler, solle die Kunst weggestrichen werden. 23 Millionen Mark groß, so vermeldeten es die Zeitungen, sei das Loch des Oberbürgermeisters.

Ich, Herr Oberbürgermeister, blicke optimistisch in dieses Loch. Wies uns doch mit Beginn der Marktwirtschaft vor fünf Jahren ein Kunsthonigproduzent den Weg, der trotz jahrzehntelanger Tradition vom Kunsthonig die Kunst wegließ, und heraus kam besserer Honig. Warum sollte dieses Experiment nicht auch mit einer Kunststadt gelingen?

Kunst ist Weglassen, heißt ein bekannter Imperativ. Ich habe bei meinen Texten in der Diktatur ganze Worte weggelassen. Da sollte es doch in der Freiheit möglich sein, ein paar Einrichtungen einzusparen. Wir haben für all das Gejammer kein Verständnis! Die Philharmonie, hört ich, bangt um Stellenkürzungen. Meine Herren: Viel Harmonie heißt noch lange nicht viel Harmoniker! Im Zeitalter der Elektronik könnte der Klangkörper durchaus auf einen Einmannunterhalter reduziert werden. Und wenn man den im Orchestergraben plaziert, fällt das nicht einmal jemandem auf.

Ich habe auch kein Verständnis für das Barmen der Operette: Der Sozialismus mit seiner unsäglichen Materialvergeudung gestattet es, für einen einzigen Fiedler auf dem Dach ein ganzes Haus zu okkupieren und eine ganze Geigertruppe im Orchester zu bemühen, um des Fiedlers Fiedel zum Fiedeln zu bringen. In der Leistungsgesellschaft könnten wir uns durchaus Gunther Emmerlich irgendwo in Dresden einsam auf einem Dach mit einer einsamen Geige vorstellen – dafür braucht man weder eine Operette noch ein Orchester.

Wir würden auch erwägen, das Puppentheater einzusparen. Irgendwo in den Amtsstuben unseres Freistaates werden sich doch ein paar (Holz)köpfe finden lassen, die den Kasper spielen können. (Ich wär bereit, in einem gewohnten Akt von Selbstzensur das Wort Holz vor dem Wort Köpfe zu streichen, um so auch meinerseits zum Einsparen beizutragen.)

Meine Damen und Herren: Es wurde oft vorgeschlagen, Einrichtungen zusammenzulegen. Ich denke, daß man auch an diesem Haus Schauspieler und Schauspielerinnen zusammenlegen kann, und ich denke, einige könnten dabei durchaus Vergnügen empfinden, legt man sie mit Einfühlungsvermögen zusammen und nicht mit dem Rechenschieber. Einfallsreiche Regisseure haben schon Faust und Mephisto zu zwei Seelen in einer Brust vereint, warum sollte man da nicht beispielsweise einen bekannten Mimen Hänsel und Gretel spielen lassen oder die Sieben Zwerge? Was der damit freigesetzten jungen Generation am Theater der Jungen Generation die Möglichkeit gäbe, sich mit den Alten Meistern der Gemäldegalerie zu vereinen. Deutschlandweit könnten diese leuchtenden Beispiele im finsteren Zeitalter der Rezession einen Funken der Hoffnung schlagen.

Kunstflieger vereinen sich mit Kunstmalern, Kunstblumenhersteller mit Kunstdüngerproduzenten, ein Chirurg könnte Ihnen künftig den Blinddarm durch die Mundhöhle entfernen, weil er sich mit einem HNO-Arzt verschmolzen hat.

Und wenn man einigen Ratsherren nachsagt, sie würden sich bei der Subventionierung von Kunst wie Elefanten im Porzellanladen benehmen – legen wir doch das Dresdner Elefantenhaus mit dem Dresdner Rathaus zusammen, da hätte die Stadtverwaltung endlich ein Publikum, das ihre Kunststücke bewundert. In diesem Sinne: Sparflamme frei!

Gerächtigkeit

1997

Ich hab es ja immer schon gewußt: Die Wehrmacht war eine nette saubere Truppe. Enthüllungsspezialisten konnten dem Geschichtsverdreher Reemstma endlich beweisen, daß in seiner deutschfeindlichen Wehrmachtsausstellung von Tausenden Dokumenten ein paar Fotos gar keine Wehrmachtsgreuel zeigen, sondern stalinistische Massaker.

Was Beleg genug ist, daß Hitlers Friedensscharen niemals Befehle zur Judenausrottung mit mörderischer Konsequenz befolgten, ja sogar Zweifel aufkommen läßt, ob es solche Befehle aus der faschistischen Machtzentrale überhaupt je gab, oder ob es sich vielleicht um Fälschungen im Auftrag des sowjetischen KGB aus der frühesten Kindheit von Kujau handelt.

Jenen seriösen Kommentatoren in seriösesten Medien,

die nun mit hörbarem Aufatmer deutsche Geschichte geradebiegen konnten, geb ich den ganz vertraulichen Tip, daß in einer Ausstellung über SED-Verbrechen ein Foto, das brutal auf Andersdenkende niederknüppelnde Polizisten zeigt, in Wirklichkeit bei der Niederschlagung einer Westberliner APO-Demo aufgenommen wurde und somit widerlegt, daß die DDR eine Diktatur war.

Daß die Wehrmacht Juden gar nicht ausgerottet hat, beweist allein die Tatsache, daß heute noch sogenannte ehemalige Zwangsarbeiter unsere Wirtschaft mit unverschämten Ansprüchen schikanieren und, raffsüchtig wie sie sind, mit sechs Milliarden D-Mark nicht einverstanden sind.

Ja, wo soll denn die deutsche Industrie noch mehr Geld hernehmen? Wenn zum Zwecke globaler Fusionen Daimler 30 Milliarden und Mannesmann 60 Milliarden ausgeben muß, ist halt die Portokasse leer! Und Vater Staat hat auch ein leergemolkenes Säckel. Schließlich erkennt man ja unsere große Betroffenheit an der Größe des Holocaust-Denkmals, das in Berlin von unserer zu Stein erstarrten Vergangenheitsbewältigung künden soll. Davon können sich diese Zwangsarbeiter eine Scheibe abschneiden.

Und überhaupt: Wo kämen wir hin, würden alle, die irgendwann einmal unter deutscher Geschichte gelitten haben, heute finanzielle Forderungen erheben?! Sollen wir etwa Millionen von Negern unsere D-Mark in den Urwald schicken, nur weil sie wegen ihrer einstigen Schwarzarbeit als Sklaven Ansprüche stellen? Siegt diese Art von Gerechtigkeit, Deutschland würde ein verarmtes Entwicklungsland.

So weit kann Gerechtigkeit nicht gehen. Und sie geht bei uns schon weit. In wenigen Tagen soll Krenz in den Knast. Recht so. Ich konnte ihn noch nie leiden. Schauen Sie ihm zwischen die ewig lächelnden Pferdezähne, dann bekommen Sie einen kleinen Eindruck, wie das Antlitz des Sozialismus aussah! Nebenbei war er auch noch am Schießbefehl mitschuldig. Das war im Kalten Krieg. Dummerweise aber war er 1989 auch mitschuldig am Nichtschießbefehl. Was einigen Bürgerrechtlern heut gar nicht mehr so recht ist. Denn ein paar von ihnen bedauern, daß kein Blut geflossen ist, damals, als Bärbel Bohley ihr Tage hatte. Immerhin: Krenz hätte es befehlen können. Er hat nicht. Was den Bahr zur Bemerkung hinriß, dafür verdiene er das Bundesverdienstkreuz.

Aber, Herr Bahr, leisten Sie sich bitte nicht solche Bonmots, nur weil Sie auch Egon heißen!

Na gut, Stauffenberg hat sich als Weltkriegsgeneral auch an Millionen Toten mitschuldig gemacht. Das war im heißen Krieg. Aber heut ehren wir ihn, weil er dem Hitler eine Bombe unter den Tisch legte.

Hätte Honecker seinen Umstürzler Krenz auch erschossen wie Hitler seinen Stauffenberg, könnte die gerechte deutsche Justiz heute gar nichts machen.

Ich merke, Vergleiche hinken. Aber Gerechtigkeit muß sein. Täter gehören hinter Gitter. Ich vermute, der Europäische Gerichtshof hat schon seine Spürhunde auf die Fährte von Jelzin gesetzt, um ihn wegen Massenmord in Tschetschenien anzuklagen. Und alle ehemaligen amerikanischen Präsidenten zittern vor der gerechten Strafe für ihre Unterstützung blutiger Militärputsche in Bolivien, Uruguay und Chile und für die Mauertoten an der mexikanischen Grenze und für den Völkermord ihrer Vorgänger an den Indianern. Und, wie man hörte, sollen sich ja im vietnamesischen My Lai und Son My ein paar GIs im Umgang mit den Gastgebern auch etwas vergriffen haben.

Jedenfalls: Ganz nach Knigge war das alles nicht. Und in Frankreich liegen schon die Handschellen bereit für jene, die Diktatoren wie Mobutu aus Zaire oder »Baby Doc« Duvalier aus Haiti einschließlich deren beschmutzten Millionen Asyl gewährten. Und es stimmt mich in meinem Gerechtigkeitswahn froh, daß Deutschland die Kurdenverfolgung in der Türkei stoppen will. Ein Testpanzer soll ja schon unterwegs sein.

Das wird eine Zeit, wenn alle, an deren Händen Blut klebt, und jene, die diese Bluthände geschüttelt haben, ins Gefängnis müssen! Nur: Soll die Welt aus dem Knast regiert werden?

Die Roten kommen – Ein Schreckensszenario

1998

Ein Land wähnt sich in Sicherheit. Der Kommunismus sei untergegangen, hämmern die Ticker seit Jahren in die Hirne des Volkes, derweil die Kampfgefährten Stalins zum neuen Aufbruch blasen.

Nur ein einsamer Pfarrer mahnt nimmermüde vor roten Socken und verschlungenen Händen. Aber noch wollen die deutschen Medien die Gefahr nicht wahrhaben. Während im Untergrund schon der rote Countdown läuft, trällern auf den Kanälen unbekümmert des Volkes Musikanten.

Aber der harmonische Schein trügt. Von allen unbemerkt, zieht die Dresdner PDS-Terroristin Christine Ostrowski nach Bonn und feiert größere Erfolge als die ganze RAF: Sie legt mit Hunderten kleinen Anfragen die gesamte Arbeit des Bundestages nieder. Ermutigt kriechen Tausende zahnlose PDS-Mitglieder aus ihren Altersheimen, besetzen den »Spiegel« und setzen Karl-Eduard von Schnitzler als kommissarischen Chefredakteur ein. Während in »Wetten daß« Thomas Gottschalk den Papst empfängt, der zehn Flughäfen am Geschmack erkennen will, glauben ein paar bayrische Hellseher nicht mehr dem fröhlichen Spiel und warnen vor der kriminellen Bande aus dem Osten. Zu spät. Schon stürmt die Kommunistische Plattform die Zentrale des BND. In der Maske von Erich Mielke verhaftet Sahra Wagenknecht den bundesdeutschen Geheimdienstkoordinator Schmidtbauer und droht, ihn zu vergewaltigen. Die BND-Mitarbeiter beteuern, sie hätten wie immer nichts gewußt. Derart unbeobachtet, ziehen Hunderte Inostoren gen Westen und schreiben rote Zahlen über dem Ruhrgebiet. Dem sozialistischen Großkombinat Krupp-Thyssen wird der verpflichtende Name Günter Mittag verliehen. Nun müssen auch die Westdeutschen nicht mehr auf Ostprodukte verzichten. Ein Regierungssprecher a. D. ruft die Landsleute westlich der Elbe auf, sich für Fit, Rondo und Süßtafeln dankbar zu zeigen. Die westdeutschen Brüder und Schwestern schlucken alles ängstlich hinunter, denn die Ostdeutschen drohen mit der Faust in der Tasche.

Die Lage im Land wird unübersichtlicher. Gerüchte besagen, die Münchner Staatskanzlei sei von den Montagsdemonstranten kampflos eingenommen worden.

Stoiber soll in den Kleidern von Margot Honecker nach Oberammergau geflohen sein. Nur Gauweiler verkündet mit Optimismus, man werde auch künftig in Bayern mit »Grüß Gott« und nicht mit »Rot Front« grüßen. In einem letzten Verzweiflungsakt gründet Innenminister Kanther eine schnelle Eingreiftruppe, aber auch die ist längst kommunistisch durchwandert und läuft im FDJ-Hemd über.

Aus dem Bundestag dringen schockierende Meldungen: Alle FDP-Abgeordneten bieten ohne Fraktionszwang den neuen PDS-Machthabern die Koalition an. Umweltministerin Merkel setzt sich unbemerkt in einem Castor-Behälter nach Gorleben ab. Pastor Hintze bietet den Kommunisten eine Schwarze-Socken-Kampagne an und fleht Regierungschef Gysi an, ihm in den Hintern kriechen zu dürfen. Er sei diesen Platz so gewöhnt. Nur der Kanzler sitzt noch auf seinem Stuhl und ruft trotzig: »Ich bleibe hier!«

Die SPD verhält sich wie immer, indem sie sich nicht verhält. Oskar Lafontaine soll zwar Lothar Bisky den Bruderkuß angeboten haben, aber Gerhard Schröder bleibt dabei: Er will sich von der neuen PDS-Regierung nicht wählen lassen.

Das Land ist gelähmt. Nur manchmal hört man am Biertisch ein klagendes »Es war nicht alles schlecht in der BRD«. Aber alle wissen jetzt: Es gab im Wahljahr ein paar mutige Mahner, die dieses Schreckensszenario vorausgesagt hatten. Keiner soll also jetzt sagen, er habe von der roten Gefahr nichts gewußt.

(K)eine gute Idee

1998

Beim Vordenken für diese Kolumne hatte ich gestern beim Baden eine Idee. Ich hab sie vergessen. Ich weiß nur noch, daß es eine großartige Idee war.

Für einige Sekunden hat mich die brachiale Genialität meines Geistesblitzes mental erschüttert. Aber als ich mich Stunden später bemühte, daß mir mein Einfall wieder einfällt, fiel er mir nicht mehr ein.

Seitdem bohrt mein Gehirn unaufhörlich Gänge, um auf die goldene Gedankenmine zu stoßen.

Aber in den Gängen bleibt es dunkel, und kranke Zellen der Verzweiflung wuchern aus den Tiefen des Vergessens.

Und das alles nur, weil ich die Idee nicht sofort notiert habe, als es noch eine Idee war. Aber auf die Idee bin ich nicht gekommen. Und wer trägt in der Badewanne schon Kuli und Zettel in der Hosentasche?

So muß es Gott ergangen sein, als er beim Baden im

Ozean der Unendlichkeit vor sich hinplanschte und plötzlich für Sekunden eine große Idee hatte, wie er eine gerechte Welt voller friedensfähiger Menschen erschaffen könne. Aber er vergaß es aufzuschreiben. Und als er aus Lehm sein Modell zu basteln begann, hatte er die Idee vergessen. So was kann passieren. Auch Gott ist nicht mehr der Jüngste.

Und weil Gott Menschen nach seinem Bilde schuf, litten die Menschen seit Menschengedenken auch alle unter Vergeßlichkeit. Sie hatten immer wieder einmal für Sekunden geniale Ideen, wie man diese Mutter Erde samt der auf ihr lebenden bucklichen Verwandtschaft vor dem Untergang retten könne. Sie begannen für diese Ideen zu beten, zu sterben, zu leiden. Noch unter dem Fallbeil glaubten sie an ihre Idee.

Aber sie wußten nicht mehr, was für eine Idee es war, die ihnen Freiheit und Gleichheit und Brüderlichkeit versprochen hatte. Sie hörten die Propheten »Folgt uns!« rufen, schritten fort ins Verderben und nannten es Fortschritt. Und als sie auf den Trümmern ihres Glaubens saßen, bohrten ihre Hirne Gänge, um herauszufinden: Da war doch mal was?! Ach ja, eine Idee! Die Gänge blieben dunkel: Die Menschen konnten sich nicht mehr an die Idee erinnern. Aber sie glaubten noch an sie. Denn selbst diejenigen, die erschossen, enthauptet, gevierteilt in den Schützengräben der Ideen herumlagen, wußten noch, daß es eine großartige Idee war.

Offensichtlich aber hat sich nun die Menschheit entschlossen, keine großen Ideen mehr zu gebären. Weil sich im Laufe von Millionen von Jahren herumgesprochen hat, daß im Namen von Ideen immer Millionen von Menschen ins Gras des Schlachtfeldes beißen mußten.

Warum auch sollte diese Bundesrepublik mittels neuer Ideen verändert werden? Nein, heute will einer Idee wegen keiner mehr auf die Barrikade. Ein voller Bauch riskiert nicht gern den Bauchschuß. Nur wer wirklich Hunger hat, läßt sich noch mit revolutionären Ideen füttern. Wer vor der Schlachteplatte sitzt, was sollte den aufs Schlachtfeld ziehen?

Andererseits: So ganz ohne Idee leben ist auch keine gute Idee. Selbst mit der verlogensten Utopie lebt es sich leichter als mit gar keiner. Wenn ich Sisyphos gleich einen Stein den Berg hinaufrolle, möchte ich wenigstens trotz besseren Wissens glauben, daß der Stein auf dem Gipfel liegenbleibt. Ich möchte mir nicht eingestehen, daß er den Berg wieder herunterrollt und die sinnlose Plackerei von vorn beginnt. Wenn das Ziel die Wahrheit ist, muß man sich ständig selbst belügen, um der Wahrheit näherzukommen.

Natürlich muß der Stein wieder vom Gipfel herunterrollen. Schon deshalb, damit ich mich mit ihm erneut bergauf schinden kann. Und wir wollen doch, daß es immer weiter bergauf geht.

Warum wir das wollen? Das hab ich vergessen. Gestern in der Badewanne wußt ich es noch. Ich wollt darüber eine Kolumne schreiben. Ich hatte mal eine Idee ...

http://www.weihnacht98.de

Aus dem Angebot: Weihnachtshit für Einsame/ Antörn-Vibrator, das Lustgerät, das zu Ihnen spricht/ statt 129 DM nur 59 DM + SÜSSER DIE GLOCKEN NIE KLINGEN + Neigen Sie zu exzentrischen Gaben? Ausrüstungsstücke des KGB, Panzerteile der Roten Armee, zaristische Nippes oder ein hübsches Kaviar-Service unter www.sovietsk-collection.com + NICHTS IST UNMÖGLICH + »Einem Querschnittsgelähmten gestattet die Pflegeversicherung täglich drei Ausscheidungen. Eine vierte Ausscheidung muß er mit schriftlicher Begründung genehmigen lassen.« + ALLES MUSS SICH RECHNEN + Richard von Weizsäcker 29402 DM monatliches Ruhegeld, Edmund Stoiber 45093 DM monatliche Einkünfte, Brandenburgs SPD-Wirtschaftsminister erhielt im Vorstand der Vereinigten Westfalen-AG 1 Million DM im Jahr + MORGEN KINDER WIRD'S WAS GEBEN + Rentnerschwemme, Krankenschwemme, Arbeitslosenschwemme, Alleinerziehende-Mütterschwemme, Schwulenschwemme, Kurdenschwemme + Klaus Landowsky, Fraktionsvorsitzender der Berliner CDU: »Wo Müll ist, sind Ratten, und wo Verwahrlosung herrscht, ist Gesindel, das muß entfernt werden.« + ES IST FÜR UNS EINE ZEIT ANGEKOMMEN + »Das Boot ist voll!« + DIE BRINGT UNS LIEBE UND GROSSE FREUD + 150000 Schulabgänger ohne Lehrstelle + THE FUTURE TO GET – HERE NOW + 0190 331 331 – RUF AN! + Aus der Gebrauchsanweisung für das Computerspiel »Carmadeddon«: Sinn und Ziel der Simulation ist es, mit seinem Auto möglichst viele Fußgänger zu überfahren. + AM KRANZE DIE LICHTER SIE LEUCHTEN SO FEIN + Bringen Sie Leben in die Natur: Künstliche Nachtigall, echter Klang, ferngesteuert, für nur 43,70 DM + Millionen Kinder leben in Deutschland unterhalb der Armutsgrenze + Für Ihren Kleinsten: Handy-Communikator Version 9114 mit Minitastatur und Graustufendisplay 2133 DM + NICHTS IST UNMÖGLICH + Nach einer Umfrage unter Zwölfjährigen wissen 91 Prozent, wo der G-Punkt sitzt, 73 Prozent wußten nicht, wer Hitler war, 66 Prozent wußten, was oraler Sex ist, und 42 Prozent kannten nicht den Vornamen ihres geschiedenen Vaters + LUSTIG LUSTIG TRALALALALA + 2,7 Millionen Sozialhilfeempfänger + FOR A BETTER UNDERSTANDING + Sozialmißbraucher, Asylmißbraucher, Meinungsfreiheitsmißbraucher, Pressefreiheitsmißbraucher + GUT DASS WIR VERGLICHEN HABEN + In den von Millio-

nären bevorzugten Wohngegenden wie Starnberg, Bad Homburg oder Tegernsee tendieren die Einnahmen des Fiskus aus der Einkommenssteuer gegen Null + WIR SIND DOCH NICHT BLÖD + KEHRT MIT SEINEM SEGEN EIN IN JEDES HAUS + Coca-Cola plant per Satellit Werbung auf dem Mond + DIE TUN WAS + Was sonst noch passierte, aber kaum jemand interessierte: Hunderte Marschflugkörper auf den Irak abgefeuert + VOM HIMMEL HOCH DA KOMM ICH HER + DIE FREIHEIT NEHM ICH MIR + DesignerFeuerzeug 56,99 DM, Heimzapfautomat mit elektronisch gesteuertem Lichtspiel 88,70 DM, eine Stunde Liebe ohne Extras 100 DM + WER MEHR BEZAHLT IST SELBER SCHULD + Obdachloser erfroren + LEISE RIESELT DER SCHNEE + Das praktische Geschenk: Wärmedecke, Eiskratzer, Frostschutzmittel im Doppelpack 50 DM + DIE HOFFNUNG UND BESTÄNDIGKEIT + In 117 Ländern wird gefoltert + GIBT MUT UND KRAFT ZU JEDER ZEIT + In den nächsten fünf Jahren werden in Deutschland durch Erbschaft 2,6 Billionen Mark den Besitzer wechseln + SUSANI SUSANI SUSANI + Für stille Stunden: Jungfrauen-Muschi 99 DM + WIR ÖFFNEN HORIZONTE Einsteigermodell Actebis Targa Powerline ab 1700 DM + Playstation XX12: Der 2. Weltkrieg neu geführt/Wählen Sie, welches Land Sie zuerst überfallen/Atombombe ja oder nein?/Entscheiden Sie! – 240 DM + FIT FOR FUN + Zwei Barbiepuppen, drei Heinolieder, ein Lachsack, antiquarisch UND DEN MENSCHEN EIN WOHLGEFALLEN macht zusammengerechnet ...
(Rechnung folgt)

Poly–tic
1999

Keine Berufsgruppe sieht sich so oft schnöder Beschimpfung ausgesetzt wie Politiker. Putzfrauen, Spiegelredakteure, Taxifahrer, Kabarettisten und andere einfache Gemüter meinen, die »da oben« immerzu mit den verschiedensten Aggregatzuständen von Dreck bewerfen zu müssen. Witzgeschosse sind ja noch harmlos, ja sogar staatserhaltend. Von Kohl sagt man, er habe sämtliche Karikaturen über ihn mit Stolz gesammelt und sich stets bemüht, ihnen ähnlich zu werden. Aber als ihn damals ein Hallenser Zielwerfer zum Eiertolla kürte, stieg auch dem ansonsten so gemütlichen Kanzler sichtbar das Eiweiß ins Gesicht.

Nun sind Farbbeutel in Mode gekommen. Mit nichtgewollten Auswirkungen. Denn wie soll Joschka mit geplatztem Trommelfell künftig mehr auf die Basis hören?

Mir tut Joschka leid. Noch vor einem Jahr mit einem Gewaltfreiheit preisenden Wahlprogramm antreten und heute Bombenwetter verkünden – so richtigen Mordsspaß macht ihm das sicher nicht. Der »Spiegel« warf ihm vor, seine einstigen Ideale verraten zu haben. Wieso denn dies? Nur weil er in Genua nicht mitdemonstriert hat? Ich bitte Sie! Heut ist es einfach unmodern, auf die Straße zu gehen. Heut geht man zum Designer. Revolutionen werden heut beim Designer entschieden. Statt Feldlager Lagerfeld! Hoch lebe die Lehre von Karl Sanders und Friedrich Joop! Es lebe Wladimir Iljitsch Boß!

Wenn ich in Joschkas leidendes Gesicht sehe, würd ich schon aus Mitleid nicht mehr wagen, ihm Wahlbetrug vorzuwerfen. Mir ging es schon bei Vampirfilmen immer so, daß ich die Qualen des Blutsaugers mitlitt bei der Vorstellung, er könne in Wirklichkeit vielleicht Vegetarier sein. Bei Scharping freilich überwältigt mich zuweilen das

Gefühl, er habe auf seinem Posten Blut geleckt. Aber dann siegt auch ihm gegenüber mein Verständnis. Jahrelang von den eigenen Genossen gedemütigt und nun plötzlich der wichtigste Minister: Da kann man doch verstehen, daß er nun mit stolzgefüllter Brust steif herumläuft, als leide er an Ganzkörperviagra.

Oder nehmen wir all die Politiker, denen man Bestechung, Schwarzgeldaffären und veruntreute Millionen vorwirft: Kohl, Kanther, Koch, Landowsky. Alle sprachen gleich von korrupten Politikern. Wieso sagt man »korrupte Politiker«? Man sagt doch auch nicht »weißer Schimmel«!

Politik in dieser Zeit, das ist kein Schuhplattler, bei dem man sich auf die Schenkel klatscht. Auch Schröder ist das Lachen vergangen. Vergeblich zapp ich von Kanal zu Kanal, such »Wetten daß«, »Veronas Welt« und »Peep« nach ihm ab – nirgends klärt mich ein vergnügter Kanzler auf, ob sein Haar echt ist oder ob vielleicht auch hier ein kleines Farbbeutelchen nachgeholfen hat.

Unter der Last des Krieges werden bei unseren führenden Persönlichkeiten Lachfalten zu Sorgenrunzeln. Ohne Krieg könnten sie sich frohgemut ihrer Lieblingsbeschäftigung hingeben: Wahlversprechen einlösen. Freiheit, Gleichheit, Brüderlichkeit. Und sie könnten uns beweisen, daß Egalité für sie nicht heißt, daß ihnen alles egal ist. Sie würden trotz unbezahlter Überstunden zum Wohle des Volkes auf höhere Gehälter verzichten, obwohl ihre schmalen Bezüge nicht umsonst Diäten heißen. Denn was ein Kanzler im Jahr verdient, das zahlt ein Konzernchef im Monat an Solidaritätszuschlag. Gegen Herrn Schrempp sind doch Schröder und Fischer die reinsten Sozialhilfeempfänger.

Und nun sagen Sie mal ehrlich: Möchten Sie unter diesen Umständen Politiker sein?

Schon wagen sich unsere Volksvertreter aus Furcht vor

dem Volkszorn nicht mehr, ihre Meinung zu sagen und sehen sich gezwungen, sich in Wahllügen zu verstricken. Nur, damit wir sie wieder wählen. So einem Volk würd ich als Politiker mißtrauen. Deshalb bitte ich Sie: Gewinnen Sie das Vertrauen unserer Politiker zurück! Begegnen Sie unseren Politikern von Mensch zu Mensch. Laden Sie sie an einem lauen Sommerabend zum Grillen ein, und Sie werden sehen: Es sind Menschen wie ich. Helfen Sie mit bei der Wiedereingliederung unserer Politiker ins Volk! Und hören Sie mit jeglicher Politikerbeschimpfung auf.

Politik leistet in diesem Lande, was Politik leisten muß. Schauen Sie mal in den Duden, was Politik heißt: Poly heißt viel, und Tic heißt krampfartiges Zucken. Viel krampfartiges Zucken. Wenn Sie mehr von der Politik erwarten, ist das Ihre Schuld.

Die Leiche lebt

1999

Das Telefon klingelt: »Wehe, Sie stellen den wieder ein!« Der anonyme Anrufer legt auf. Das Telefon klingelt. »Seid Ihr etwa so feig, ihn bloß deshalb zu entlassen?« Wir müssen proben. Umbesetzen. Damit abends der Vorhang aufgeht. Das Publikum verlangt einen vergnüglichen Abend. Auch wenn uns der Spaß erst einmal vergangen ist. Eine IM-Akte ist in unserem Ensemble wie eine Bombe eingeschlagen. Ein echter Volltreffer. Denn was sind die Nato-Bomben der Politiker gegen die Akten von Gauck. Vor allem, wenn sie in der eigenen Umgebung explodieren.

Trotzdem: Jetzt wären wir lieber Politiker. Da könnten wir zurücktreten. Bei vollem Lohnausgleich. Wir aber müssen weiterarbeiten. Und wir wollen das sogar. Auch wenn wir keine Abfindung kriegen.

Das Telefon klingelt. Ein Redakteur sagt: »Habt ihr keine bessere Schlagzeile? Die interessiert doch heute keine Sau mehr.« Das Telefon klingelt. Wir kommen nicht zum Arbeiten. Die Krake Stasi hat uns voll im Griff. Zehn Jahre, nachdem ihr die Fangarme abgehauen wurden, ist die Leiche immer noch nicht totzukriegen. Sie verfolgt uns alle: die Unschuldigen, die Schuldigen, die unschuldig Schuldigen und die Schuldigen, die plötzlich alle unschuldig sind, die Denunzianten, die Denunzierten und die denunzierenden Denunzierten, die wirklichen Opfer und die, die es heut so gern sein möchten.

Die Saat geht immer noch auf und blüht. Hätten wir doch mit unsren oft nach Wochen dahinwelkenden Texten auch Wirkung über Jahrzehnte. Postum Glückwunsch, Herr Mielke. Sie waren erfolgreicher mit ihren gesammelten Werken. Darum laßt uns weiter mit Aktendeckeln die Köpfe einschlagen. Bravo: Wieder steht einer am öffentlichen Pranger. Heb dein Hemd hoch, Freund, und zeig der Menge deine Scham. Warst du denn zu blöd, deine Vergangenheit zu verstecken? Nimm dir ein Beispiel an den Gedankenmördern a. D., die sich ihre Giftzähne aus dem Gehirn zogen und mit ihren Gedächtnislücken prahlen. Ein Kinderschänder darf sein Gesicht vor den Kameras schützen, ein Mörder kann dich verklagen, wenn du ihn nach der Verjährungsfrist als Mörder bezeichnest. An dir aber wird das Sperma einer vor zehn Jahren verreckten Ausgeburt ewig kleben. Zeig es allen. Die Peepshow hat verlängerte Öffnungszeiten.

Hätt es nicht genügt, du wärst mit mir in die Kneipe gegangen, Freund, und hättest mir gesagt: So war das damals. Dies wär Tapferkeit vor dem Freund gewesen. Wir saufen uns unsere Vergangenheit nicht schön, aber den Mut für die Erinnerung frei. Und dann hätt ich von meinen Irrungen gesprochen, so wie du von den deinen. Und sollte sich einer als Opfer fühlen, säße er mit am

Tisch. Und vielleicht hätte er dir verzeihend eines Tages die freien Hände reichen können. Wozu haben wir den aufrechten Gang. Ich weiß, du hast es angeboten. Vergeblich. Dich wollte man am Boden sehen. Mancher braucht Genugtuung. Ich versuch es zu verstehen. Verfluchte Vergangenheit.

Wie gut sind die Ostdeutschen dran, die heut 50 sind, aber offensichtlich erst nach 1990 geboren wurden. Und die Westdeutschen erst, die schon vor 1990 gelebt haben dürfen. Die hatten keine Stasi. Trotzdem, meine westdeutschen Brüder, stellt euch auch der Presse. Nur Mut. Man braucht ja nicht unbedingt eine Stasi, um mal irgendwann im Leben ein Schwein gewesen zu sein. Zur Not schafft man's auch so. Dann stünden wir alle, Ost und West endlich vereint, mit unseren Verfehlungen am Medienpranger und büßten für unsere Sünden: Wo wir dem Nachbarn ein gutes Wort versagt haben, das er fürs Überleben gebraucht hätte, wo unsere Liebe der Karriere galt, statt unseren Kindern, wo wir mit Lust einem Arbeitskollegen in den Arsch traten, um den eigenen zu retten. Und wo wir uns eifrig in Staatsgehorsam übten, ohne daß uns jemand dazu zwang. Und der weise Salomo käme und müßte ein ganzes Volk auswechseln und sich im Supermarkt ein neues besseres suchen. Vielleicht fänd er ein Schnäppchen. Wenn nicht, dann müssen wir halt mit denen, die nun mal zufällig da sind, weiter zusammenleben. Was bleibt uns übrig. Wir haben ja nur uns.

Bombenstimmung

2000

Irgendwie stört mich die Stimme des Rundfunkreporters. Bis morgen früh muß ich die Kolumne abgeben. Mal ein Thema, das alle interessiert. Über die deutsche Verliererin beim Grand Prix. Ich habe schon den Titel: Grand Brie. Lustig, nicht? »Blinde Corinna weint und weint.« Na gut, die Schlagzeile hatte schon eine andere Zeitung. Aber ungerecht ist das schon. Ralf Siegels Erfolgspaket für alle Weltkatastrophen hätte einen besseren Wertungsplatz verdient: Hör den Kindern einfach zu!, und dies aus dem Munde einer blinden Blondine, die für Deutschland in Israel singt – das wär doch Vergangenheitsbewältigung par excellence gewesen. Ein Sieg hätte es für Deutschland werden können. Wenn auch kein Endsieg.

Wo hab ich so ein eifriges Tremolo in einer Reporterstimme schon mal gehört? Ach ja: als Deutschland im Fußball verlor. Aber dies ist keine Reportage vom Ersatzkriegsschauplatz. Dies ist Kriegsberichterstattung. »Die Haare sind kurz geschoren, die Uniformen frisch gebügelt, die Stimmung in der Truppe ist gut.« Das beruhigt mich. »Jetzt muß geschossen werden!«, wird jetzt im Radio ein Mann namens Loest zitiert. Ein General, denk ich. Militärs müssen schießen, so wie Bäcker backen müssen. Wer hockt schon gern arbeitslos herum? »Soweit die Stellungnahme des Schriftstellers Erich Loest«, sagt der Reporter.

Schaller, konzentrier dich auf Corinna May: Hör den Kindern einfach zu.

Jetzt klingelt auch noch der Gasmonteur. »Haben Sie schon gehört, es ist Krieg«, sag ich etwas aufgeregt. »Wo?« fragt mein Monteur. Ich sag was von Jugoslawien und von Tornados, und mein Monteur fragt: »Wie kommen die Wirbelstürme nach Jugoslawien?« Ich mach mir Sorgen um unsre frischgebügelten Jungs. »8000 Flugstunden liegen hinter ihnen; es sind Profis«, beruhigt mich der Reporter. Recht hat er: wir haben uns lange genug feige versteckt, jetzt müssen wir endlich der NATO auch mal einen Gefallen tun. Und schließlich ist ja so ein Krieg heut auch nicht mehr, was er mal war. Seit uns die Amerikaner die elektronischen Bilder ihrer hightech gesteuerten

Irak-Raketen ins Wohnzimmer gesendet haben, wissen wir doch, wie romantisch so ein Lichtermeer sein kann, wenn mit bewundernswerter Perfektion die explodierenden Marschflugkörper ihre leuchtenden Sterne in die stille Nacht senden.

»Marschflugkörper sollen zunächst die jugoslawischen Stellungen auslöschen,« triumphiert der Reporter.

Und dann? Wenn die Menschenrechte immer noch nicht herbeigebombt wurden? Aha, Bodentruppen. Partisanenkämpfe? Vielleicht finden sich ein paar alte Kameraden, die die Trampelpfade von früher noch kennen.

»Der Krieg richtet sich einzig und allein gegen Milosevic.« Das ist gut, denk ich. Ich hatte schon Angst, Unschuldige werden getötet. Hört den Kindern einfach zu. Falls es sie nicht aus Versehen erwischt, wenn mal so ein sauberer Flugkörper ein bißchen danebenfliegt. Irren ist menschlich. Obwohl ich da schon Vertrauen hab in unsre Jungs.

Schauen Sie sich doch mal alle sportlichen Großereignisse an: In den Disziplinen Schießen, Biathlon und Military waren wir Deutschen auch ohne Doping immer Weltspitze. Hätte man unseren Fußballern ein Gewehr auf den Rücken gehängt, sie hätten vielleicht auch gesiegt.

»Alle deutschen Tornados glücklich vom Einsatz zurückgekehrt.« Na bitte. Was sagt der Reporter jetzt? »Selbst Milosevics Frau ist eine Altkommunistin.« Nein, da kann man nicht tatenlos zusehen. Da gibt es noch viel zu bomben. Amerika könnte Israels Netanjahu mit einem Abschreckungsangriff drohen, weil er UNO-Beschlüsse und Friedensabkommen boykottiert. Und der Türkei wird die NATO den Krieg erklären, damit kurdische Minderheitsrechte erzwungen werden.

Schickt Nicole zum Grand Prix. Mit »Ein bißchen Frieden« gewinnt man immer. Wenn's sein muß mit ein bißchen Krieg.

Lob der Faulheit

2000

Vor zwei Jahren bewies der Hamburger Soziologe Dr. Roethe ganz wissenschaftlich, daß wir Ostdeutschen faul sind, daß wir lieber Frühstücksfernsehen gucken statt ranzuklotzen und uns »mit Abermilliarden von DM aus westlichen Arbeitsleistungen verköstigen«. Ein empörter Aufschrei drang damals aus ostdeutschen Kehlen. Ich aber fühlte mich in meinem Hang zur Faulheit ertappt.

Doch ich schämte mich nicht. Faulheit, so finde ich noch heute, ist eine wunderbare Eigenschaft. Faulheit ist die Mutter allen Fortschritts. Wer, bitte schön, hat denn zum Beispiel das Fahrrad erfunden? Garantiert einer, der zu faul zum Laufen war. Also: Ich hätte es nicht erfunden. Ich wär zu faul dazu gewesen. Ich fahre auch nicht Fahrrad. Das ist mir zu anstrengend. Das muß das ostdeutsche Gen sein. Um es klarzustellen: Ich lasse auch keinen Westdeutschen für mich fahren. Da irrt Herr Dr. Roethe.

Nun aber erklärt mir mein Kanzler, ich hätte kein Recht auf Faulheit. »Wer einen zumutbaren Job ablehnt, muß mit Sanktionen rechnen.« Na, das wollen wir doch mal sehen! Nehmen wir mal an, ich hätte einen ordentlichen Beruf. Nehmen wir an, ich wäre, sagen wir mal, Probeschläfer in der Bettenabteilung bei Höffner. Ein Acht-Stunden-Tag also, bei dem man sich vom Schlafen nicht ausruhen kann. Aber eines Tages: Entlassung. Arbeitslosengeld runde 2500 Mark auf die Kralle. Und nun kommt der Kanzler und sagt: »Du bist noch rüstig, Schaller, stell dich ans Fließband von der Mülltrennanlage. Für knappe 1800.« Ich bitte Sie: Da leg ich mich doch lieber weiterhin in den Liegestuhl in meinen Kleingarten und zähle Grashalme! Selbst bei diesem Scheißwetter! Ich würde also dem Kanzler ganz ruhig sagen: »Schicken Sie doch den abgetretenen Mannesmann-Chef Esser in die Mülltrennung! Der ist nicht unrüstiger als ich! Und die 60 Millionen Abfindung, die Herr Esser erhalten hat, verteilen Sie bitte an all jene, die schon jahrelang im Dreck und Gestank der Müllfließbänder stehen. Damit die auch mal ein Recht auf Faulheit haben!« Jawoll, so glasklar hätte ich das dem Kanzler gesagt. Weil ich es allen gönne, im Liegestuhl zu liegen und Grashalme zu zählen. Sollen doch die Bosse noch mehr Arbeitnehmer entlassen. Auch wenn die Gewerkschaften dagegen protestieren. Die würden doch heut auch gegen die Abschaffung der Todesstrafe stimmen, bloß weil da der Henker seinen Job verliert.

Nein, Herr Kanzler, nicht Faulheit ist an den hohen Arbeitslosenzahlen schuld. Das hat schon Arbeitsamtsoberchef Bernhard Jagoda festgestellt: »Der Beschäftigungsmangel ist die Ursache für die Arbeitslosigkeit.« Darauf ist außer ihm noch keiner gekommen. Ich will Ihnen mal, liebe Leserinnen und Leser, eine einfache Rechnung aufmachen: Deutschland hat knapp 4 Millionen Arbeitslose. Und 6 Millionen Beamte. Das sind schon 11 Millionen, die nicht arbeiten. Dazu kommen 20 Millionen Rentner und Vorruheständler, 12 Millionen Kinder, Schüler und Studenten, 8 Millionen Hausfrauen, knapp 2 Millionen sind in Kunst- und Medienberufen tätig, schaffen also keine materiellen Werte, 1 Million sind krank, weitere 5 Millionen gerade im Urlaub und 2 Millionen während der Arbeitszeit beim Frisör oder einkaufen – Deutschland hat 80 Millionen Einwohner, und 90 Millionen arbeiten nicht! Da muß ich nun doch dem Kanzler Recht geben: Das kann nicht gut gehen. Da muß ich einsichtig sein und trotz meines Rechts auf Faulheit bereit sein, meinen Job als Probeschläfer in der Bettenabteilung wieder aufzunehmen. Denn wie sagte schon die Dichterin Henriette Mahlsdorf? »Wir müssen alle unser Leben ändern. Für den Anfang reicht es, länger zu schlafen.«

Gute Nacht.

Umweltschmerz

2000

Umweltminister Trittin glaubt immer noch, sein Ministerium habe die Aufgabe, die Umwelt zu schützen. Mit einer Ökosteuer. Mit steigenden Benzinpreisen! Und wissen Sie, wer laut Trittin schuld ist an der Umweltzerstörung?

Angeblich wir Autofahrer mit den stinkenden Abgasen unserer Autos!

Aber ich sage Ihnen jetzt, wer wirklich die Umwelt verpestet: Amerikanische Wissenschaftler, hab ich gelesen, amerikanische Wissenschaftler haben in jahrelangen Analysen nachgewiesen, daß die derzeit auf der Erde lebenden Menschen mit ihren eigenen Methangasen die Umwelt mehr zerstören als alle Autos mit ihren Abgasen. Wenn Sie also für die Umwelt etwas tun wollen, Herr Minister, dann sollten Sie nicht mehr uns Autofahrer abzocken, sondern dafür sorgen, daß es nicht mehr so viele Arschlöcher auf der Welt gibt. Entschuldigung, Herr Minister, aber so deutlich muß das einmal gesagt werden!

Aber wissen Sie, vor wem man die Umwelt am meisten schützen muß? Vor diesen Umweltschützern. 32 Rentner, hab ich gelesen, 32 Rentner werden täglich in Europa überfahren. Aber was machen die Umweltschützer? Bauen Froschwege über die Autobahn! Mich würde es nicht wundern, wenn sich künftig ein Rentner grün anmalt, bloß um als Kröte heil über die Straße zu kommen! Nahe Münchens, hab ich gelesen, nahe Münchens haben die Umweltschützer eine stinkende Müllhalde zu einem wertvollen Biotop erklärt, bloß weil ein ein Zentimeter großer seltener Käfer zwischen dem Müll herumkrabbelt. Na gut, Herr Minister: Es gibt Tierarten, die sind vom Aussterben bedroht. Einverstanden. Zum Beispiel: Die Jamaika-Ferkelratte, hab ich gelesen, die Jamaika-Ferkelratte ist vom

Aussterben bedroht. Aber mal ehrlich, Herr Minister: Wenn Sie sich beim Bummel über die Berliner Friedrichstraße im Lafayette einen neuen Anzug kaufen, würden Sie dann die Jamaika-Ferkelratte vermissen?

Also, ich muß Ihnen gestehen: Ich kann durchaus ohne Jamaika-Ferkelratte leben. Ohne Ferkel schon schwieriger, weil ich im Sommer immer gerne grill. Na, ist das schon wieder nicht recht, Herr Minister? Sind Ferkel etwa auch vom Aussterben bedroht? Ich sage Ihnen: Eine Milliarde Schweine gibt es auf der Welt – die Menschen mal nicht dazugezählt. Wissen Sie, Herr Minister, wie oft ich da Spanferkel grillen kann, bevor die ausgestorben sind?

Ich weiß gar nicht, was die Umweltschützer alle haben? Auf einen Menschen kommen 500 Bäume, 50 Vögel und eine Trilliarde Bakterien. Aber das reicht den Umwelt- und den Tierschützern offensichtlich noch nicht: Eine Trilliarde Bakterien! Die Viecher werden in Labors auch noch künstlich gezüchtet! Wissen Sie, Herr Minister, wie weit wir es gebracht haben? Ich hab mir neulich mal einen Kammerjäger bestellt. Der sollte bei mir zu Hause im Wohnzimmer die Teppichmilben vernichten. Wissen Sie, was der gesagt hat? Das ginge jetzt nicht. Die hätten jetzt Paarungszeit.

Aber wissen Sie, bei wem die Verlogenheit am größten ist? Am größten ist die Verlogenheit bei den Vegetariern! »Nein, ich esse keine Tiere! Nein, Fleisch von Tieren eß ich nicht!« Natürlich kenn ich auch die Horrorbilder von ängstlich gackernden Hühnern in ihren Zuchtzellen. So möcht ich auch nicht gern wohnen, Herr Minister. Ich bin auch gegen die Massentierhaltung. Nicht bloß die Vegetarier. Aber, mal ehrlich, Herr Minister: Wer fragt denn, wie es einem Brokkoli auf einer Großplantage geht?

Und der kann nicht mal ängstlich gackern!

Daumen für Sydney
2000

»Dreikommafünf Milliarden Menschen«, verkündet der Reporter feierlich, »blicken in diesem Augenblick auf Olympia und drücken den Sportlern der Welt die Daumen.« Das sind, rechne ich schnell auf dem Taschenrechner, sieben Milliarden blickende Augen und sieben Milliarden drückende Daumen, wenn man mal großzügig die paar Gehandikapten unberücksichtigt läßt, die nur noch mit einem Auge blicken oder mit einem Daumen drücken können.

Und als am Eröffnungstag die Australier ihre Liebe zu den Aborigines entdeckten, indem sie eine Eingeborene das Feuer entfachen ließen, die trotz der miserablen Gesundheits- und Lebensbedingungen der Ureinwohner die Fackel noch gradehalten konnte, weinte ich vor Rührung heftiger, als es Michael Schumacher je könnte. Und als ich sah, wie auch der jungen Garde des Politbüros des IOC mit ihrem Generalsekretär Juan Antonio Samaranch an der Spitze die Freudentränen über die Tränensäcke liefen, träumte ich mich zurück in eine Zeit, als unsere stolzen sozialistischen Jungs und Mädels bei Olympia der Welt bewiesen, daß ein Staat, dessen Wirtschaft eher einer ausgemergelten Feldmaus gleicht, auch ein Goldhamster sein kann.

Wer holt denn heute noch für Großdeutschland die Medaillenkastanien aus dem Olympiafeuer? Sportler, die immer noch von ihrem Training unter SED-Aufsicht zehren! Schauen Sie mal auf die Tabelle: Trennte man die Mannschaft wie einst in Ost und West, läge die DDR zur Zeit in Sydney auf Platz 7, die BRD dagegen mümmelte auf einem sechsundzwanzigsten Platz herum irgendwo zwischen Tubalu und den Vereinigten Emiraten. So sieht es aus! Man könnte als Ehemaliger annehmen, zehn Jahre nach dem Zusammenbruch würden die Wunderdrogen von damals immer noch wirken, und ich wäre fast geneigt, stolz auszurufen: »Es war nicht alles schlecht in der DDR!«, hätte nicht meine geliebte Franziska van Almsick mit ihrem 28. Platz den Eindruck hinterlassen, sie schwimme im Moritzburger Teich den Karpfen hinterher.

Was soll's. Immer noch besser, als als Dopingchinese zu Hause bleiben zu müssen. Bloß weil man sich mit nachweisbaren altmodischen Lebertranampullen aufputschen ließ, statt sich mit lifegestylten Wachstumshormonen und Genzellen füttern zu lassen. Ich sag Ihnen, wer heut zu dämlich ist, sich wenigstens ein bißchen Hasch in die Zahnpastatube schmuggeln zu lassen, ist selbst dran schuld.

Ich schlage vor, künftig jede Art von Doping zu legalisieren. Egal, ob sich ein Hundertmeterläufer Anabolica in die Arterien oder meinetwegen Salmonellen in die Eier spritzen läßt: Hauptsache, es hilft. Dann würden die Reporter stolz verkünden können: Im heutigen Rennen hat der Pharmakonzern X den Pharmakonzern Y besiegt. Und ins Olympiastadion würde das IOC mit Transparenten einmarschieren, auf denen die Namen jener Mafiosi stehen, von denen es bestochen worden ist. Ich denke, das alles wäre ehrlicher. Und eine ehrliche Olympiade würde mich wieder interessieren. Dann blickten siebenmilliardenundzwei Daumen auf Sydney.

Es ist ein Breuel

2000

Meine Damen und Herren, seit Monaten redet die deutsche Journaille der Expo die Krise ein. Wegen ein paar Miesen. Wir sind für Feste untauglich. Ich erinnere mich an durchzechte Nächte in Moskau, nach denen ein Russe sagte: Wir haben viel gefeiert. Ein Deutscher hätte gesagt: Es hat viel gekostet.

Ich sag Ihnen: Die Tränen über ein Zweikommaviermilliarden-Loch sind verlogen. Wer Frau Breuel als Chefin einsetzte, mußte dies nach den Treuhand-Erfahrungen einplanen. Damals schätzte Rohwedder das volkseigene DDR-Vermögen mit den Worten: »Der ganze Salat ist 600 Milliarden wert.« Dann kam die Kaltmamsell Breuel und bereitete daraus einen Salat von 275 Milliarden. Minus. Wo sie auch ist, richtet sie solchen Salat an. Leider kann sie nicht überall sein. Auf der Expo war sie Arbeitgeberin für zig Tausende. Dies sollten wir ihr danken. In meinem Umkreis hab ich den Eindruck, jeder Zweite wurde von ihr engagiert: Tänzer, Regisseure, Köche – sie alle können sich beim Volksfest Expo das Taschengeld aufbessern.

Zunächst stachelte meine Neugier auf die Weltausstellung ein einstündiger Werbefilm an, den ich im Fernsehen verfolgte: Als ich zufällig beim Zappen auf diesen Krimi stieß, tanzte grad vor einem mongolischen Pavillon eine libanesische Flamencotruppe einen Schuhplattler. Dann steigerte die Moderatorin meine Spannung ins Unermeßliche, indem sie einen Kellner interviewte, der beteuerte, daß er auch englisch sprechen könne, was mir den letzten Beweis für die Internationalität der Expo lieferte. Mehr weiß ich von diesem Film nicht mehr. Gut: Aus dem Unterbewußtsein tauchen noch ein paar Bilder vom holländischen Pavillon auf, wo im dritten Stock ganze Beete voller bunter Blumen blühten, so wie sie auch in meinem Garten blühen. Nur halt nicht im dritten Stock. Und ohne Pavillon drumrum. Jedenfalls hatte ich nach diesem TV-Highlight das gute Gefühl, daß viele brotlose Filmkünstler von Frau Breuel mit dieser lohnenden Aufgabe Brot und Lohn erhalten hatten.

Wieviel größer war erst mein Glück, als ich vom 21-Stunden-Faust in der Messehalle 23 hörte, die über 400

Zuschauer faßt. Ein echtes Massenspektakel also, für das sich der 30-Millionen-Etat gelohnt hat. Eine achtzigköpfige Truppe durfte sich für elf Monate in die Arbeit stürzen. Und das Theaterensemble in Wittenberg, das in diesen Tagen von der Schließung seines Musentempels erfuhr, kann Hoffnung schöpfen, vielleicht auch noch bei der Expo einen Job zu finden. Peter Steins 12111 Zeilen langer Total-Faust jedenfalls war ein Beweis, daß unser Staat bei der Förderung von Kunst nicht knausrig ist. Beglückt reagierte ich auch auf die Werbekampagne mit dem Ustinov und der Feldbusch. Daß Frau Breuel auch den beiden Stars mit dieser Arbeitsbeschaffungsmaßnahme zu einer ABM-Stelle verhalf, find ich menschlich. »Oh!« erschrickt der Ustinov in einem Werbespot beim Anblick der Feldbusch. »Nicht erschrecken«, sagt die Feldbusch, »ich bin doch bloß die Verona.« Ja, so viel Witz ist nur mit 70 Millionen unter Einbeziehung der besten Gagschreiber Deutschlands zu haben.

Nun, meine Damen und Herren: Zählen Sie nur einmal die hier Genannten zusammen. Da erhalten Sie einen kleinen Einblick, wie viele sonst auf Sozialhilfe angewiesene Künstler und Küchenhilfen durch die Mutter Courage von Hannover geregelte Arbeit fanden. Man sollte Frau Breuel nach der Expo zur Arbeitgeberpräsidentin küren. Dann sinken die Arbeitslosenzahlen ins Minus. Das wär doch ein Erfolg.

Ein Alptraum

2001

Aus der Semperoper drängen zornige Gestalten, das Gesicht zur Faust geballt, »Buh!« rufen sie. »Aufhören!« ruft es aus wunden Seelen, von Konwitschnys Kriegsbildern in der »Czardasfürstin« getroffen. Und sie rufen so lange und so laut »Buh!«, bis der Intendant das Blut aus Konwitschnys Inszenierung streichen läßt. Denn: Solch Anblick beleidigt unsere Gefühle, hat ein Veteran auf sein Pappschild gekritzelt, und die Protestler vereinen sich zu einem mächtigen Zug, der gen Hauptstadt zieht bis zum Regierungssitz, und in Sprechchören skandiert die Masse: »Buh! Nie wieder Krieg gegen Jugoslawien! Skandal das!«

Und ihr Aufschrei hallt über den Platz, bis Schröder, Fischer und Scharping erscheinen und zitternd das Megaphon halten: »Entschuldigung! Aber die Regie lag in den Händen der NATO!« Und sie versprechen, künftig bei Bundeswehreinsätzen in Krisengebieten die Kriegsszenen zu streichen, denn solch Anblick beleidigt unsere Gefühle, und der Veteran mit dem Pappschild ruft über den Platz: »In den Fernsehnachrichten: Überall Kriegstote und Terrorleichen, wo man hinschaut, überall kriegsinszenierende Konwitschnys! Buh! Ihr seid ja alle krank!«

Und da treten die TV-Gewaltigen ans Megaphon und geloben, das Fernsehen zu streichen, aber die sensiblen Seelen beruhigen sich nicht und ziehen weiter, mit Liedern auf den Lippen, die von Frieden, Freundschaft und Eierkuchen singen, bis sie sich vor der CDU-Parteizentrale drohend aufreihen: »Buh! Skandal das! Aufhören!«

Doch dem einstigen Ordnungshüter und Geldwäscher Kanther gelingt es, sich hinter seiner 26-Tausend-Mark-Monatsrente zu verbarrikadieren, »Skandal das!« ruft der Volkszorn wieder, und der Veteran mit dem Pappschild beschwert sich, daß er in der Demokratie seine eigenen Betrüger auch noch selbst wählen muß. »In der DDR hätte es das nicht gegeben!« ruft ein PDS-Wähler, der soeben eine Schmiergeldbörse gestürmt hatte, und der Veteran röchelt ihm mit letzter Kraft entgegen: »Ja, die Alu-Chips wollte ja auch keiner haben!« – »Was wundert ihr euch«, agitiert der rote Altersgenosse, »diese Gesellschaft lebt von ihrer kriminellen Energie, da geht es nur um Kohle!« – »Nein, es geht um Kohl!« röchelt noch einmal der Veteran, doch die Masse schreit längst: »Helmut, Helmut in den Knast!«

Schon seh ich das Bild vor mir: Kohl und Krenz in einer Zelle im Doppelstockbett, und Kohl liegt oben, ich weiß nicht, wie er da raufgekommen ist, aber im Traum wird das Unmögliche möglich, der Anblick beleidigt unsere Gefühle, da sinkt der Veteran vom Kampf erschöpft auf seinem Pappschild nieder, doch: hoppla, da stürmen die rettenden schwarzen Reiter vom MDR den Platz, in ihren Armen der Kohl ist quietschvergnügt und plaudert im Riverboat, daß er bei der nächsten Bundestagswahl wieder an die Macht kommt. »Und wenn es illegal sein sollte, Ehrenwort«, sagt er, und der Talkshowmeister spricht ihn sogleich ehrfürchtig mit »Herr Bundeskanzler« an, seit diesem Augenblick beginnt das Riverboat-Schiff zu sinken, und die Mannschaft muß fliehen, aber noch kocht des Volkes Seele: noch einmal schallt ein vielkehliges »Buh« über Deutschland. »Aufhören! Absetzen!«

Da rollt endlich Schäuble vor das Mikrophon und verkündet Optimismus: »Liebes Volk! Ich hätte ja früher schon gern alle Korruption untersagt, aber der große Dicke hat die Urheberrechte! Doch beruhige dich, liebes Volk, bald wird Politik wieder eine Operette sein!«

Da ward das Volk zufrieden und zog heimwärts in die Semperoper, wo der bekehrte Konwitschny grad das »Land des Lächelns« inszeniert, mit Stefanie Hertel in der Hauptrolle und Karl Moik am Dirigentenpult, doch als der den Taktstock erhebt, erwache ich schweißnaß aus meinem Traum, höre den Nachrichtensprecher aus dem Weckradio sagen: »Soeben wird ein neuer Spendenskandal gemeldet«, und ich denke erleichtert: Gott sei Dank, die Welt ist noch in Ordnung.

Das vertretene Volk

2001

Ich gestehe, daß ich am vergangenen Sonntag gezögert hab, zum Wahllokal zu wandern. Denn es regnete in Strömen. Freilich hatten mir Tausende Plakate wochenlang ins Gehirn gehämmert, daß es bei der Dresdner OB-Wahl um den Wechsel ginge. Und wie wichtig dabei meine Stimme sei. Na gut, dachte ich: Aber nicht im Regen!

WER NICHT WÄHLT, WÄHLT WAGNER, mahnten mich im Zehnmeterabstand die PDS-Plakate. Irgendwie erinnerte mich diese Losung an eine andere aus der deutschen Geschichte, und da ahnte ich: Es geht nicht nur um einen Wechsel. Es geht um einen Umsturz. Also um Krieg und Frieden. Und da auch mein Nachbar vor der Wahl gesagt hatte »Die sollen mich in Frieden lassen!«, entschloß ich mich, trotz des Sauwetters zur Urne zu schreiten und meine Stimme abzugeben.

Schnell ein Kreuz und schwupps – war meine Stimme in der Urne verschwunden. Also begraben. Eine Stimme, ein Kreuz, eine Urne. So schnell kann es gehen. Da ich aber bis zur letzten Minute unschlüssig war, welchem OB-Kandidaten ich meine Stimme schenken solle, weiß ich bis heut nicht, wen ich gewählt hab. Vielleicht darf ich das bei einer geheimen Wahl auch gar nicht wissen. Daß meine Stimme weg war, beunruhigte mich nicht. Ich wußte ja: Bei der nächsten Wahl krieg ich eine neue. Ich war stolz auf mich: Ich hatte mit meiner Stimmabgabe Macht ausgeübt. Denn alle Macht geht vom Volke aus. Und seit 1989 weiß ich auch: Ich bin das Volk! Aber wo wird meine Macht hingehen, wenn sie ausgeht? Wird sie zurückkommen, oder werde ich sie nie wiedersehen? Und müßte ich dann eine Vermißtenanzeige aufgeben wegen Machtverlust? »Ich bin das Volk«, würde ich mich dann in der Anzeigenannahme vorstellen, »wissen Sie, wo meine Macht ist?« Und ich hörte die Antwort: »Die ist bei Ihrem Vertreter. Bei Ihrem Volksvertreter.«

Das Wort war mir neu. Ich kenne Versicherungsvertreter, die Versicherungen verkaufen. Aber was verkaufen Volksvertreter? Ich hatte immer nur gehört, Herr Wagner sei der Vertreter der CDU und Herr Roßberg sei der Vertreter der Opposition und die PDS sei eigentlich für Herrn Berghofer, aber Berghofer sei gegen die PDS, worauf nun auch die PDS gegen Berghofer sei, weil der mal PDS gewesen sei, worauf nun Berghofer aus Rache mit seiner Kandidatur die Opposition spaltet und also für den Wahlsieg der CDU verantwortlich ist, während bei den in Berlin anstehenden Neuwahlen die CDU der SPD vorwirft, sie flirte mit der PDS und werfe damit die Stadt den »Kommunisten zum Fraß« vor, wobei die Mitregierungspartei SPD der CDU vorwirft, daß sie für den ganzen Regierungsskandal allein verantwortlich sei.

Ich bin für die CDU, ich bin für die SPD, höre ich die Volksvertreter rufen.

Daß ein Volksvertreter für das Volk ist, habe ich nie gehört.

Warum auch. Volk stört. Das war schon bei Honecker so: Ohne Volk hätte der Sozialismus gesiegt. Deshalb ist es gut, daß sich endlich das Volk selbst abschafft: Es wählt seine Vertreter. Und wenn das Volk von Vertretern vertreten wird, wird es selbst überflüssig. Demokratie heißt Volksherrschaft. Der Kabarettist Martin Buchholz erklärt, was das heißt: Das Volk herrscht mal kurz bei der Wahl und wählt dann seine Herrschaften. Oft sind das schon ältere Herrschaften, die sich nicht mehr so gut an alles erinnern können. Aber manchmal leiden auch Jüngere schon an Alzheimer und vergessen, wer sie gewählt hat. Dunkel kommt es dann jedes mal vor Wahlen in ihr Gedächtnis zurück: Da war doch noch was, da war doch noch was. Ach ja, das Volk!

Jemand hat mal gesagt: Könnten Wahlen was verändern, wären sie schon längst verboten. Solcher Pessimismus findet bei mir kein Gehör. Ich werde auch in einer Woche wieder zur Urne schreiten und wählen. Keinen OB für die CDU, keinen für die SPD, keinen für die PDS. Sondern einen für Dresden. Und wenn ich keinen finde, der sich zum Dresdner Volk bekennt, dann geh ich als Volk nicht selbst wählen. Ich schicke meinen Volksvertreter. Und der bleibt dann in der Urne. Für immer.

Der Mensch ist kein Mensch

2001

Der Mensch ist nicht als Mensch geeignet. Vielleicht war er dafür auch nicht vorgesehen. Edel sei der Mensch, milchreich die Kuh. Forderte Goethe. Oder so ähnlich.

Nun: Die Kuh hat sich der Mensch milchreich gezüchtet, aber alle Versuche, daß der Mensch edel wird, sind kläglich gescheitert. Der Mensch schikaniert, massakriert, annektiert, drangsaliert, ignoriert, kassiert, kommandiert, liquidiert, okkupiert, rebelliert, sabotiert, pervertiert und produziert allerlei unedlen Blödsinn, der in die Kategorie »menschlich« schwer einzuordnen ist. Dem Lieben Gott wäre das sicher aufgefallen, hätte er seine Erfindung erst einmal getestet. Aber er hat die 0-Serie gleich in die Massenproduktion gegeben.

Manche behaupten auch, Gott hätte gepfuscht. Es gibt ja das berüchtigte Montagauto, und vielleicht hat auch der Herr nach einem durchzechten Wochenende ... Meingott: Gott ist auch nur ein Mensch. Nein, ihm ist kein Vorwurf zu machen. Jedem Schöpfer mißlingt mal ein Werk. Deshalb spielen jetzt die Forscher Gott und basteln am künstlichen Menschen. Bei ihren Klonversuchen ist zwar bisher nur ein Schaf rausgekommen. Oder Moshammer mit Daisy. Aber eines Tages, so las ich, wird der PC unser Gehirn ersetzen. Der Mensch wird überflüssig. Und das ist natürlich eine ungeheure Chance: Nur wenn wir uns abschaffen, können wir überleben. Aber solange das der Wissenschaft noch nicht gelingt, muß die Mutter Erde den natürlichen Menschen ertragen. Auf den perfekten Homunkulus müssen wir also noch eine Weile warten.

Das hat auch der Liebe Gott gewußt und als Übergangslösung die zehn Gebote erlassen. Du sollst nicht unkeusch sein. Oder: Du sollst keinen anderen Gemahl begehren. Das ist so, als würde ich einen Puff eröffnen und dann den Freiern sagen: Laßt den Hosenstall zu. Sicher ist auch so was mit ein bißchen eisernem Willen hinzukriegen, aber manche Menschen werden in so einer Situation zum Spielball ihrer Hormone und lassen sich gehen. Weil sie unvollkommen sind. Sie pfeifen auf Moral und Anstand, so daß der Papst erst in der vergangenen Woche wieder in einem Schreiben an die deutsche katholische Kirche den »Verfall an menschlichen und christlichen Werten« beklagen mußte. Es gebe »mancherorts Verwirrung und Mißbräuche, die dem Anliegen der wahren Einheit schaden«, kritisierte er. Die Positionen des Vatikans würden nicht eingehalten, und es gäbe Tendenzen, »die nicht mit den lehrmäßigen Vorgaben der Kirche übereinstimmen«.

Ich kann Johannes Paul den Zweiten gut verstehen, denn schon DDR-Papst Walter Ulbricht der Erste litt darunter, daß sein Volk sich nicht an die lehrmäßigen Vorgaben der Partei hielt. Was freilich Brecht damals zu dem Vorschlag veranlaßte, die Partei solle sich ein neues Volk suchen.

Vielleicht wäre das auch für den Vatikan eine Möglichkeit. Es könnte sonst passieren, daß eines Tages Hunderttausende Katholiken friedlich auf die Straße gehen und rufen: Wir sind die Kirche! Denn das Volk ist uneinsichtig. Weil es aus Menschen besteht.

Auch »unsere Menschen« kümmerten sich damals wenig um Walterchens zehn Gebote der sozialistischen Moral. Weil sie uneinsichtig waren. Ich dagegen habe schon in frühester Kindheit versucht, ein Mensch zu sein, indem ich mir die Gebote der Jungpioniere zu Herzen nahm. Eines hieß: Junge Pioniere sind immer fröhlich.

Versuchen Sie mal, immer fröhlich zu sein. Wissen Sie, wie anstrengend das ist! Trotzdem: Ich feixte am Grab meiner Oma und sang tapfer das Pionierlied »Fröhlich sein und Singen«, als mich ein Mitschüler verdrosch. Nur um der Partei eine Freude zu bereiten. Denn ich wußte: Die DDR ist der einzig rechtmäßige Staat. So stand es jedenfalls in der Erklärung des Politbüros.

Deshalb kann ich auch verstehen, daß der Papst in seiner Erklärung »Dominus Iesus« betont, daß der Katholizismus die einzig rechtmäßige Glaubensrichtung sei.

Aber ich ahne schon: Die Menschen werden's ihm nicht glauben. Weil sie als Menschen versagen. Wir können also nur auf den neuen Menschen hoffen. Man sollte dem Schöpfer eine zweite Chance geben.

Notizen in der Ferne

2001

17.7. Ich urlaube fern. Mir geht es gut. Ich bin nicht der um ein paar Peso Bettelnde auf dem Zokalo von San Christobal. Ich bin der ein paar Peso Gebende aus Dresden.

Vier Fünftel der Menschheit leben in Armut. Ich bin nicht dabei. Ich hab verdammtes Schwein. Ich habe keinen Krieg erlebt. Meine Kinder können in die Schule gehen. Ich muß sie nicht an Teppichknüpfer oder Zuhälter verkaufen. Ich leiste mir eine Mexicoreise. Ich kann es mir leisten. Mit Geld ist der ganze Kapitalismus die reine Freiheit. Ohne Geld ist die ganze Freiheit der reine Kapitalismus.

19.7. Wir fahren an Maya-Dörfern vorbei. In den verfallenen, wie verlassen wirkenden fenster- und türlosen Strohhütten zwei, drei Hängematten, ein paar Gerümpelkartons. Und als Globalisierungssegen zwei Coca-Cola-Plastestühle. »Fast alle haben einen Fernseher«, sagt Antonio, unser Reiseführer. So man Strom hat. Manche haben. Wasseranschluß? Nein. Braucht man nicht fürs Fernsehn. Milch? Zu teuer. »Schon die Kleinkinder trinken Cola«, sagt Antonio. Der Fortschritt schreitet hinein in den Dschungel von Yucatan. Zwischen den Mayahütten lachende Mayakinder mit lachenden Mayamüttern. Die ärmsten Völker sind die fröhlichsten, hat eine Statistik wissenschaftlich erforscht. Armut macht glücklich. Wir Touristen aus Deutschland blicken mürrisch aus dem Bus. Nach einem Fünfgängemenü kann man nicht lachen. Nur rülpsen. Mir geht es gut.

22.7. Am Fuße eines Tempels in Monte Alban drängt mir ein zahnloser Indio eine Figur auf. Ich handle den Preis um ein Drittel herunter und bin stolz. Der Indio freut sich. Woher ich komme, will er wissen. Alemania. Ah, sagt er, Hitler. Er sagt nicht: Ah, Goethe. Er sagt: Ah, Hitler. Es klingt nicht vorwurfsvoll. Käm ich aus den USA, würde er sagen: Ah, Mickey Mouse! Jeder hat seinen Diktator. Jeder trägt sein Kainsmal. Auch Abel.

25.7. In 8 Tagen 5000 Kilometer durch 4000 Geschichtsjahre. Tolteken, Zapoteken, Olmeken, Mixteken, Azteken, Biertheken. 500 Pyramidenstufen auf und ab. Mir geht es gut. In einem Internetcafé in Oaxaca tippt mein dreizehnjähriger Sohn einen Gruß an Opa in den Computer. Das Internet wird die Welt verändern, sagen Optimisten: Die Kinder in Bangladesh oder Somalia könnten bald per Internet ein Fernstudium an Eliteuniversitäten wie Stanford oder Cambridge absolvieren. Wenn sie nicht vorher verhungert sind.

28.7. Spät abends im Hotel gerate ich versehentlich in eine die Welt mit Süßwaren beglückende Geschäftsrunde. Ein in Bayern lebender in Indonesien geborener Chinese erzählt mir in hessischem Dialekt am Golf von Mexico, er sei der Wiederentdecker von Knusperflocken und Bambina-Schokolade für die Ostdeutschen. Wenigstens einer, dem die Ost-Nostalgie nützt. Viva la Mexico, ruft ein Nußwarenmanager nach dem sechsten Tequila. Der Einstieg in den amerikanischen Markt bringe einskommazwei Milliarden. Nach dem zwölften Tequila siegen Urinstinkte über geschäftliche Diplomatie. »Ich bin ein Deutscher, ich bin rechts,« umarmt ein Schokoriegelvertreter mit polnischem Akzent einen Hamburger Lolliball-Direktor. Der Lolliball-Direktor grüßt mit deutschem Gruß zurück. »Da können Sie einen Text drüber schreiben!« prostet mir der Schokoriegel zu. »Mach ich«, sag ich.

3.8. Im Nationalpalast von Mexico-City erklärt uns Antonio anhand eines Frescos von Diego Rivera die mexikanische Revolution. Tierra y libertad. Aber auf den roten Bannern hat das Emblem von McDonald's längst Hammer und Sichel verdrängt. Alle Utopien auf den Müllhaufen. Der Traum von Gerechtigkeit – ein Irrtum der Geschichte. Die neue Hymne: Kapital, Kapital, du hast immer recht, und Genossen, es bleibe dabei ... Abends im Hotelzimmer im aztekischen Fernsehen Bilder aus Genua. Prügelorgien. Blutende, bewußtlos am Boden liegende Demonstranten, derweil die glorreichen Sieben den Reichtum unter sich verteilen. Schreib einen Text drüber. Aber wer will ihn schon hören. Mir geht es gut. La quenta, por favor!

Schneller, höher, weiter

2001

Wenn es auf Olympiapisten einem Skifahrer gelingt, auch nur eine Hundertstelsekunde schneller zu fahren als die anderen, preist man seine Leistung mit einer Goldmedaille.

Wenn es mir als Autofahrer auf Dresdens Straßen gelingt, das Tempolimit um beachtliche 20 Stundenkilometer zu überbieten, bestraft man meine Leistung mit einem Bußgeld.

Nicht, daß ich unter dieser Ungerechtigkeit seelisch leide. Aber als mich kürzlich ein roter Blitz erschreckte, weil sich meine Logik geweigert hatte, auf einer graden breiten verkehrsarmen frischbitumierten Straße eine 30er Geschwindigkeitsbeschränkung zu vermuten, entfloh meinen Lippen ein Fluch. Und zwar in Gestalt eines Wortes, von dem ich nicht ahnte, daß es zu meinem Sprachschatz gehört und daß ich hier nicht wiedergeben möchte, weil es mir neben dem Bußgeld noch eine Strafe wegen Beamtenbeleidigung einbrächte. Sie müssen wissen, daß ich jeder Ordnungsmacht mit außergewöhnlich hohem Respekt, um nicht zu sagen ängstlichem Schiß begegne. Selbst die in Österreich am Straßenrand aufgestellten uniformierten Pappkameraden veranlassen mich auf der Urlaubsfahrt zu Vollbremsungen.

Ich weiß nicht, auf welches traumatische Grunderlebnis diese Ehr-Furcht zurückzuführen ist. Aber schon aus diesem Grund fahr ich stets regelkonform, immer mit spähendem Blick nach rechts Verbotsschilder suchend und noch hinter sichtverdeckendem Gesträuch neue Gebote entdeckend, was eine Konzentration auf den Verkehr freilich nicht mehr erlaubt. Man kann nicht alles haben. Aber immerhin kennt Flensburg kein Foto von mir. Kurz: Ich bin kein Verkehrsrowdy. Genauer gesagt: Ich war. Denn vor Wochen machte mich die »Sächsische Zeitung« unter der Überschrift DER AUTOFAHRER MUSS BÜSSEN mit dem neuen Dresdner Haushaltsentwurf bekannt, der vorsieht, daß das Ordnungsamt in diesem Jahr »mit Bußgeldern 9,2 Millionen Euro reinholen muß – allein 4,1 Millionen durch Knöllchen. 4,55 Millionen sollen Raser zahlen, fast doppelt so viel wie 2001.«

Zunächst erschien mir eine solche Planung paradox, klang sie doch so, als würde man der Friedhofsverwaltung auftragen, in diesem Jahr die Anzahl der Verstorbenen auf das Doppelte zu steigern. Was, wenn sich Dresdens Autofahrer peinlich genau an Tempo- und Parkvorschriften halten und trotz Dauereinsatz von modernsten Blitzlichtgeräten und knöllchengeilen Politessen das Säckel des Ordnungsamtes leer bleibt? Was also, wenn ein renitentes ordnungsgerechtes Verhalten der Verkehrsteilnehmer unsere geliebte Landeshauptstadt in ein finanzielles Schlagloch stürzen würde, aus dessen Tiefe niemand mehr den Roß-Berg sieht?

Nein, schwor ich mir: So weit darf es nicht kommen! Dieser Schwur glitt mir durch Mark und Knochen bis in den Fuß, der flugs das Pedal auf Vollgas drückte, als ich wieder jene grade breite verkehrsarme 30er Straße entlang fuhr: 40-50-60-70-Blitz! Hurra – ein erster bescheidener Beitrag in die leeren Kassen! Patriotische Gefühle für meine Heimatstadt übermannten mich: Nun schnell ein Parkverbotsschild suchen! Und wer Dresden kennt, weiß: Solch Suchen währt nicht lang!

»Liebe Politesse«, ritzte ich in Vorfreude auf ein Knöllchen in den Baum: »Hier parkte ich. Bitte bestrafe mich!« Punkt. Adresse. Noch besser: »Liebe« durchstreichen und durch jenes Schimpfwort ersetzen, daß mir trotz meiner besorgniserregenden Vergeßlichkeit wieder in den Sinn kam: Mindestens 500 Euro Beleidigungsklage. Dies will ich nun täglich wiederholen. Nur bitte ich, daß künftig

Strafzettel als Spendenquittung ausgewiesen werden, damit ich meine gemeinnützigen Zahlungen von der Steuer absetzen kann.

Denn ich fahre unter der Losung: All meine Liebe, all meine Kraft für die Planerfüllung meines Ordnungsamtes! Aber, liebe Dresdner und Dresdnerinnen: Ich schaff es nicht allein! Ich rufe Euch zu: Schöner unsere Städte und Gemeinden mit Hilfe unserer Bußgelder – rase mit! In diesem Sinne wünsche ich unserer Stadt eine rasante Zukunft.

Jux und Dollerei

2001

Ein Nachrichtenmagazin bedauerte in seiner jüngsten Ausgabe, daß in den deutschen Revolutionen der Adel nicht unterm Schafott ausgerottet worden sei.

Aber hat uns nicht grade die einstige Laxheit deutscher Freiheitshelden bis in die Gegenwart mit schirmschlagenden und Pavillons anpinkelnden Blaublütlern so manchen unterhaltsamen lustigen August beschert?

Ich kann also die revolutionären Weicheier unserer Geschichte nicht verdammen, auch wenn uns konsequentere Radikalität einen Vorteil gebracht hätte: Wir müßten heut Fürstin Gloria von Thurn und Taxis nicht ertragen. Uns wäre vor einer Woche ihr orales Tuten und Blasen in der Talkshow »Vorsicht Friedman« erspart geblieben.

Ich rebelliere ja schon nicht mehr, wenn der Papst im Namen des Schutzes ungeborenen Lebens der Dritten Welt das Kondom als Satanserfindung austreibt, während ungeschütztes geborenes Leben hunderttausendfach verhungert. Ich weiß inzwischen, daß ich mir mit jedem Rühren im Heiligen Stuhl den Vorwurf der Volksverhetzung einhandle. Also buche ich auch Glorias glorreichen Appell, daß nicht nur Abtreibung, sondern schon die Verhütung Mord sei, unter der Rubrik »Humanistischer Zeitgeist« ab und freu mich, daß Friedman mit dem gütigen Lächeln eines Rabbis nachhakt, wie man denn da Afrika vor Aids retten könne. Da thurnt und taxt die Fürstin nicht lange um den heißen Brei und meint: Aids kommt ja nur daher, weil die Schwarzen so gern schnackseln. »Ja«, wiederholt sie, als habe es jemand bezweifelt: »Der Schwarze schnackselt gern.«

Aber es bezweifelt gar keiner. Gloria lacht, und Herr Friedman lacht, und das Publikum lacht und klatscht, und niemand kommt auf die Idee, das könne angesichts von 14 Millionen Aidstoten, die für dieses Jahr vorausgesagt werden, Volksverhetzung sein. Und jeder malt sich bei solcherlei Talkstammtisch das Bild aus, das er ja insgeheim immer schon hatte: Wie die Neger mit ihren bumsenden Bambusrohren die Strohhütten zum Beben bringen, bis die Aidsviren durch den Urwald schwirren.

Vielleicht, so will ich das weibliche Adelsgeschlecht gern entlasten, kennt die talkende Rasseexpertin lediglich Roberto Blanco, dem man ein gewisses Vergnügen am Schnackseln nachsagt und der in einschlägigen Zeitungen nackt für irgendeine Diät wirbt, sein Geschnacksel nur von einer Straußenfeder verdeckt.

Denn als sich die Fürstin zur Talkkönigin mit den Worten kürt »Sex ist dazu da, um Kinder zu kriegen und nicht zu Jux und Dollerei«, ahne ich, daß ihr dieser schnackselnde Roberto mit seinem »Ein bißchen Spaß muß sein« das geadelte Herz durchbohrt.

Gloria lacht und Herr Friedman lacht und das Publikum lacht und klatscht. Ein bißchen Spaß muß sein.

Das Letzte vom Jahr

2001

ES WAR EIN GUTES JAHR, pflegte mein Vater jedes mal Silvester ein Nachkriegsjahr zusammenzufassen, weil Ährenklauen, Kartoffelstoppeln und Rübenpressen hungerstillend ausgefallen waren. IM NÄCHSTEN JAHR WIRD ES NOCH BESSER WERDEN, fügte er hinzu. Mit diesen optimistischen Genen im Blut resümiere auch ich: ES WAR EIN GUTES JAHR. Noch nie ward mit Waffen so viel Frieden geschaffen. IM NÄCHSTEN JAHR WIRD ES NOCH BESSER WERDEN. Freilich: Friedensstiftende Maßnahmen setzen Kriege voraus. Man muß nicht grün sein, um sich dieser Logik nicht entziehen zu können. Wer den Krieg nicht ehrt, ist den Frieden nicht wert. Das Jahr hat uns gelehrt, den Terror zu ächten. Und den Krieg zu preisen. Wenn Rumsfeld stolz den erstmaligen Einsatz einer NEUEN BOMBE verkündet – wer wagt da noch im Erfolgstaumel über besiegte Taliban die Lieder seiner Jugend zu singen: SAG MIR WO DIE GRÄBER SIND. Was der Berichterstatter im Nebensatz als UNVERMEIDLICHE KOLLATERALSCHÄDEN meldet, klingt nach Blechschaden durch Glatteis am neu geleasten Auto und nicht nach toten Männern, Frauen und Kindern. DAS KANN DOCH EINEN SEEMANN NICHT ERSCHÜTTERN und auch nicht die Grünen, die noch zum Golfkrieg auf ihr aufrechtes Parteifähnlein schrieben: »Wer daran denkt, Kriege als Mittel der Politik zu definieren, muß seines Amtes enthoben werden.« Doch heute sehen sie ein, daß man das Böse nicht besiegen kann, indem man ökologisch abbaubare Quarkkeulchen aus wieder verwertbaren Hanfhaubitzen schleudert. Wer an der Macht bleiben will, muß den Kompromiß suchen. Hauptsache, daß es in den Schützengräben Nichtraucherzonen gibt und bei den Gefallenen die Frauenquote stimmt. WIR MACHEN DEN

WEG FREI. Atome spalten sich leichter als Grüne. UND DAS IST GUT SO. Unsre Jungs dürfen wieder was von der Welt sehen. WIR LAGEN VOR MADAGASKAR. Scharping träumt vom Kriegseinsatz in Somalia. Das ist verständlich. Denn fast wäre er ein Opfer des Friedens geworden. Die schnelle Eingreiftruppe der Opposition mit dem Flintenweib Merkel an der Spitze hatte Rudi schon zum Abschuß freigegeben, weil er zur gleichen Zeit, da Flugzeuge Löcher in Türme bohrten, friedlich bei der Gräfin bohrte. Doch unser Glücksbohrer überlebte durch den Krieg, und der Anstand würde es gebieten, als Kriegsgewinnler einen Dankesbrief an die Taliban zu schicken. MIT TUI: SIE HABEN ES SICH VERDIENT. Kosovo, Mazedonien, Afghanistan, dreimal blies Kanzler Schröder in seiner Amtszeit zum Kriegseinsatz. Und MIT DER ZEIT SO PEU A PEU GEWÖHNT MAN SICH DARAN. Es ist ja FÜR EINE GUTE SACHE. »Ein jeder gürte sein Schwert um die Lenden und erschlage seinen Bruder, Freund und Nächsten.« So sprach Moses zu seinen Getreuen. 2. Mose 32, 27f.: »Und die Söhne Levi taten, was ihnen Moses geheißen, und es fielen an dem Tag dreitausend Mann.« Es war ja FÜR EINE GUTE SACHE. Die Friedensstifter und Glücksbringer begannen in aller Geschichte ihre Ruhmesbahn als Massenmörder. FÜR IDEEN STERBEN in jedem Jahr zig Tausende Tote im Namen von Religionen und Ideologien. Gott kann froh sein, daß es ihn nicht gibt. UND NÄCHSTES JAHR WIRD ES NOCH BESSER WERDEN. Die Globalisierung verspricht Glück für alle. Eine Studie fand heraus: Am glücklichsten sind die Menschen in Bangladesh. Viel glücklicher als wir. So lange sie nicht im jährlichen Hochwasser ersoffen sind. Dann merken sie das Glück nicht mehr so. DA WERDEN SIE GEHOLFEN. Über 20000 Hungertote jeden Tag. Ich laß mir Silvester nicht vermiesen. ICH BIN DOCH NICHT BLÖD. Prost erst mal! Kotzen können wir später.

Anti – anti

2002

Auch Norbert Blüm äußerte Verständnis für die Palästinenser. Wer Verständnis für die Palästinenser äußert, ist ein Araberfreund. Wer ein Araberfreund ist, ist ein Antisemit. Wer ein Antisemit ist, zündet auch Synagogen an. Ergo: Norbert Blüm zündet Synagogen an. Obwohl Herr Blüm wirklich nicht aussieht wie Hatschi Ben Hatschi. Aber auch wer sich als demokratischer Wurzelzwerg tarnt, wird mit seinen Äußerungen über einen israelischen Vernichtungskrieg als antisemitisch entlarvt!

Auch ich könnte durch meine Ägypten- und Omanreisen in den Verruf kommen, ein Araberfreund zu sein. Denn mein Ja zu Bauchtanz und Beduinengetrommel bringt mich in gefährliche Nähe zu kameltreibenden Bin Laden-Fans. Deshalb möchte ich in Demut bekennen: Ich liebe auch Klezmer-Musik. Sogar so sehr, daß ich befürchte, dies sei antiarabisch. Auf alle Fälle antiantiisraelisch. Aber eigentlich bin ich nur antischaronistisch. Weil ich, völlig in alten verkrusteten Denkstrukturen verhaftet, einen Kriegsverbrecher einen Kriegsverbrecher nennen will. Aber dies wäre schon wieder antiamerikanisch. Oder zumindest antibushistisch. Und das will ich nicht sein. Denn Bush pries in einer Rede seine Friedensvisionen. Auch wenn das ein bißchen so klingt, als preise eine Hure ihre Jungfernhaut, so bin ich durchaus nicht antifriedlich. Aber geschundene gedemütigte rechtlose Völker reagieren nicht friedlich. Ohnmacht und Macht sind keine sich liebenden Zwillinge. Also laßt mich in Frieden mit diesem Anti. Nur wenn Glatzen jüdische Friedhöfe schänden, dann bin ich gern antifaschistisch. Ich muß mich wohl damit abfinden, daß es mir schwerfällt, antikritisch zu sein.

Die ostdeutsche Schriftstellerin Daniela Dahn äußerte

sich gegenüber unserer Demokratie kritisch. Sich gegenüber unserer Demokratie kritisch zu äußern und dazu noch aus dem Osten zu kommen, ist antidemokratisch. Wo kämen wir auch hin, wenn sich jeder wie Frau Dahn in unserer pluralistischen Gesellschaft eine eigene Meinung leisten würde?

Ein Chemnitzer Gymnasium lehnte in diesen Tagen den Namen »Stefan Heym« mit der Begründung ab, Stefan Heym sei einst eines antimilitaristischen Gedichtes wegen unehrenhaft aus dem Gymnasium entlassen worden, was soviel heißt, daß es für Stefan Heym ehrenvoller gewesen wär, ein Militarist zu sein.

Ich war in früheren Jahrzehnten in bescheidener Art nicht antikritisch. Dies genügte in der Diktatur, als antisozialistisch zu gelten. Ist nun, wer sich in der Freiheit kritisch äußert, schon wieder antiantianti? Wo bin ich hingekommen? Vom Regen in die Jauche? Nein! Denn glücklicherweise beantwortete Johannes Rau kürzlich die Frage, ob man sich (auch zu Israel) in einer Demokratie kritisch äußern dürfe, mit: Du darfst! Danke, lieber Bundespräsident, daß Du mir das Denken erlaubst. Derart ermutigt, will ich auch künftig mutig sein. Und wenn der wie eine chinesische Karikatur aussehende Pinscher meines Nachbarn mir wieder mal in meinem Garten auf die frischgepflanzten Geranien kackt, werde ich ihn einen Scheißer nennen! Auch wenn man mich antipekinesisch schimpft.

Gefühltes Gefühl

2002

Das haben wohl die meisten verheirateten Männer schon mal erlebt: Die Gattin steigt auf die Waage, erfährt, daß sie schon wieder ein Kilo zugenommen hat, sagt dann aber mit vorwurfsvollem Blick in Richtung digitaler Anzeige: Das kann doch nicht wahr sein! Da hat ihr nun eine modernste Hightech-Waage die Pfunde angezeigt, aber nein: Das kann nicht sein! Ich weiß jetzt, woran das liegt: Die Waage weiß zwar dank ausgetüfteltster Technik, daß meine Frau ein Kilo mehr wiegt, aber die Waage weiß nicht, daß sich meine Frau ein Kilo weniger fühlt. Das objektiv angezeigte Gewicht stimmt also nicht mit dem subjektiv gefühlten Gewicht überein. Das ist das Problem.

An solch unlösbaren Widersprüchen sind ganze Staaten im Nichts versunken. Einst stellte ein Staatsratsvorsitzender fest, den objektiven Sieg des Sozialismus könnten weder Ochs noch Esel aufhalten. Aber die ganzen Ochsen und Esel müssen das wohl subjektiv anders gefühlt haben.

Diese Dialektik zwischen objektiver Realität und gefühlter Subjektivität begriff ich erst vor Tagen, als eine Tageszeitung titelte: ZENTRALBANK WARNT VOR GEFÜHLTER INFLATION. Der Artikel hat mich sehr beruhigt. Seit Monaten stieg meine Wut, wenn ich in der Autobahnraststätte für einen Kaffee 4 Euro 50, also 9 Mark zahlen mußte, wenn man mir im Parkhaus statt wie einst 50 Pfennige nun 50 Cent abverlangte, im Baumarkt eine Farbbüchse fast das Doppelte wie einst kostete und Taxifahrten oder Gaststättenschnitzel 30 Prozent teurer waren. Der TEURO!, fluchte ich leichtfertig, bis mir nun jener Zeitungsbericht die Scham ins Gesicht trieb: Dies alles ist nur eine gefühlte Inflation. Denn »die Teuerungsrate sank auf den niedrigsten Stand seit Jahren.«

Mag sein, ich habe mit Kaffee und Schnitzel das falsche Kaufverhalten. Kühlschränke und Wasseruhren, so beteuert selbst der Verbraucherschutz, seien nicht teurer geworden. Hätte ich das gewußt, ich hätte mir jeden Tag einen neuen Kühlschrank und eine neue Wasseruhr gekauft. Schon hätte meine Wut keine Nahrung gefunden. Denn diese Gefühlsduselei, in die sich Ochs und Esel mit diesen dummen TEURO-Sprüchen hineingesteigert haben, kann unsere ganze Wirtschaft im Nichts untergehen lassen.

Weshalb die Europäische Zentralbank auch alle Ochsen und Esel warnt: Das Gefühl starker Preiserhöhungen kann so zu überzogenen Lohnforderungen führen und die Verbraucher dazu veranlassen, sich bei ihren Einkäufen zurückzuhalten. Und dann schreien die Gewerkschaften: Was, bloß 3 Prozent Lohnerhöhung? Das kann nicht sein! Bloß weil die so ein Gefühl haben, das sei zu wenig. Und am 22. September sinkt die Wahlbeteiligung, nur weil 4 Millionen sich mit ihrer gefühlten Arbeitslosigkeit von allen Parteien verarscht vorkommen. Boris Becker kann das Verfahren wegen 5 Millionen Steuerhinterziehung überhaupt nicht verstehen, denn mit einem gefühlten Steuersatz von 120 Prozent fühlt er sich sowieso ungerecht behandelt.

Gegen Gefühle ist der Mensch machtlos. Ich hab einen Freund in Mecklenburg, der hat außer seinem Schatten auf den Straßen noch nie einen Schwarzen gesehen. Trotzdem leidet er unter der gefühlten Überfremdung. Für den bleibt kein Neger einer zu viel. Denn der Keine bedroht ihn. Der fühlt das. Da kann man nichts machen.

Und jüngstes Beispiel: Ron Sommer wird gestürzt, weil die Telekom-Aktionäre ihre Aktien im Keller und die Gehälter der Manager im obersten Geschoß und sich selbst betrogen fühlen. Sie sollten jedoch wissen: Das ist nur so ein Gefühl von Beschissenwerden. Es heißt ja nicht umsonst: Ich fühl mich beschissen. Manchmal hilft da schon eine Aspirin oder halt die Feststellung der Zentralbank-Volkswirte, »... daß die Euro-Einführung keinen nennenswerten Einfluß auf das gesamte Preisniveau« gehabt habe. Einen nennenswerten Einfluß auf unsere Wahrnehmungen haben lediglich unsere Gefühle. Seit ich das weiß, kann ich meine gefühlte Wut besser zügeln. Muß ich demnächst wieder in der Raststätte für einen Kaffee Vierfünfzig bezahlen, leg ich zwei Euro hin und sage freundlich zur Kassiererin: Stimmt so. Fühlen Sie's?

Wahlaufruf

2002

Politikverdrossen? Ich bitte Sie: Gehen Sie zur Wahl! Wenn Sie schon den Eindruck haben, in diesem Lande täglich von früh bis abends verarscht zu werden, so können Sie doch am 22. September mit entscheiden, vom wem Sie sich in den nächsten vier Jahren verarschen lassen wollen. So viel demokratische Mitbestimmung sollten Sie sich nicht entgehen lassen.

Ich habe mich entschieden. Ich bräuchte als Symbol freier Wahlen nicht mal die geheime Kabine. In meinem kleinen Vorstadtdorf glaubt sowieso jeder zu wissen, wer wen wählt. Man kennt sich. Als Dieter Hildebrandt vor vier Jahren sein Wahllokal betrat, zischelte einer der Wahlhelfer am Tisch: »Jetzt wählt das rote Schwein wieder die Grünen.« Sollte also bei meinem Urnengang einer meinen: »Jetzt wählt der alte Linke wieder die neue Mitte!«, kann ich nur antworten: Recht hat er.

Nicht, daß ich zu Schröder ein besonders inniges Verhältnis habe. Meine Frau weiß auch, daß die Versprechungen aller Waschmittel, weißer als weiß zu waschen, gelogen sind. Trotzdem wählt sie immer wieder Spee. Obwohl sie zu Spee kein inniges Verhältnis hat. Aber wenn Spee nicht hält, was es verspricht, ist das für sie irgendwie eine Lüge, für die sie sich nicht zu schämen braucht. So ist das bei mir mit der Kanzlerwahl. Ich weiß nicht, ob mir meine bayrischen Freunde meine Wahl verübeln. Denn ich vermute, mein Lieblingsbayer Gerhard

Polt sähe es nicht so ungern, ich würde mit meiner Stimme mithelfen, daß Alpenfürst Edmund aus Bayern aussiedelt und im fernen Berlin Asyl findet. Nein: Auch Freundschaft hat ihre Grenzen. Ich liebe Bayern. Aber von seiner Jahrzehnte regierenden Staatspartei CSU muß sich das bayrische Volk schon selbst befreien. So was geht ja ganz friedlich. Wie wir im Osten bewiesen haben.

Nicht, daß ich Feindbilder hätte. In Stoibers Kompetenzteam finde ich junge hoffnungsvolle Burschen. Mancher altert späth. Zwecks Frauenquote würd ich Herrn Stoiber sogar den Rat geben: Leni Riefenstahl ist noch frei. Wäre für mich alles kein Problem. Auch daß der bayrische Ministerpräsident mal kurz als Kanzlerkandidat durch Deutschland jachtert: Prima. Das belebt die Landschaft. Stoiber soll schon vor etlichen Jahren gesagt haben: Das Heil für Deutschland ist immer von Süden ausgegangen. Na bitte: Nun hat es halt Ausgang. Aber es soll bitte wieder pünktlich ins Heim zurückkehren.

Mein Gedächtnis läßt mich leider noch nicht genügend im Stich: Vor zehn Jahren warnte Stoiber vor einer »verraßten und durchmischten Gesellschaft«, um vor zwei Jahren hinzuzufügen: »Wir wollen, daß die deutsche Leitkultur nicht aufgeht in einem Mischmasch.« 1999 orakelte er, die doppelte Staatsbürgerschaft werde Deutschland mehr gefährden als die Terroraktionen der RAF. »Wir wollen nicht, daß sich hier Lebensformen etablieren, die nicht deutsch sind.« Bei solcherlei Vorlagen jubeln die Glatzen, und so stellte auch der NPD-Parteivorstand am 12. August 2000 fest, Stoiber läge in Sachen Ausländer »100prozentig auf der Linie der Nationaldemokraten.« Und die Umarmungen des Holocaust-Verniedlichers Nolte und des NSDAP-Gauzeitungs-Journalisten Ziesel und des faschistoiden Witikobundes und die Ermunterungen für Haider und das Gestänkere gegen Europa und den Euro – alles vergessen, Herr Kanzlerkandidat? Dies alles ist doch erst zwei Jahre her! Und Ihre bayrische Antwort zur Gleichstellung Homosexueller: »Dann kann ich gleich über Teufelsanbetung diskutieren.« Und Ihre ausgesprochene Liebe zum Osten: »... das sind auch immer die Leute, die mit offenen Händen herumlaufen.« Als Kanzlerkandidat darf das Stoiber heut nicht mehr sagen. Aber dieser Mann denkt so. »Wer die Stammtische diffamiert, der diffamiert die Bevölkerung.«

Nein: Im Mief von Stoibers Stammtischsprüchen möchte ich nicht leben. Darf ich auch gar nicht. Denn der Bundestag hat Experimente mit deutschen Stammtisch-Zellen verboten. Und wenn mir jetzt wieder jemand böse Faxe schickt, weil ich Herrn Stoiber nicht wähle, kann ich nur antworten: Schuld ist dieser verdammte Pluralismus, der es mir gestattet, von zwei Übeln das kleinere zu wählen. So was hat's früher nicht gegeben!

Kabarettautoren träumen davon, daß ihre Texte nicht immer nur Makulatur, sondern auch Literatur sind. Es ist mir ein Bedürfnis, Ihnen einmal beweisen zu dürfen, daß auch ich die Sprache unserer großen deutschen Dichter von Goethe bis Goethe beherrsche. Deshalb gebe ich Ihnen meinen ersten klassischen Text zur Kenntnis:

Osterspaziergang 2002

Von Scheiße befreit sind Strom und Bäche.
Doch die staut sich dafür in jedem Kanal
von RTL zwo bis TV-Total,
von Superstar bis zur Spirale aus Glück.
Der alte Goethe in seiner Schwäche
zog sich in rauhe Quiz-Shows zurück.
Von dorther sendet er beim Raten
ohnmächtige Schauer zum Kandidaten:

Wettet Faust mit dem Teufel in a) »Verstehen Sie Spaß?«
oder b) mit Gottschalk in »Wetten daß?«
Auf des Raters Stirn Perlen ängstlichen Schweißes.
Aber denkst du etwa, der Kandidat weiß es?
Nein. Auch Jauch kann Bildung und Streben
in unserem Manne nicht wieder beleben.
Er erreicht 100 Euro mit Müh und Not.
In seinem Hirne die Zellen warn tot.
Kehre dich um von diesen Höhen
in das Fernsehtal zu sehen:
Aus der Röhre finsterem Tor
dringt ein hohles Gewimmel hervor:
Ich hörs arabellern, meisern, bärbeln.
Ein jeder will seinen Verstand verscherbeln.
Ein Lachsack grient mit Metzgerscharm.
Das ist Stefan Raab, der gibt Pulleralarm.
Und da: Pfarrer Schmeißfliege sonnt sich so gern,
als wäre er die Auferstehung des Herrn.
Sieh mal, sieh: Ich krieg einen Klaps –
ist das dort nicht die ehrwürdige Babs?
Das ist sie! Zusammen mit Boris Klecker,
dem Samenspender und Doppeldecker!
Und dort: Ist das nicht Dieter Bohlen gewesen?
Er schrieb ein Buch. Und nun kann er's nicht lesen.
Es vögelt auf Vox. Es stöhnt auf ProSieben.
Ob Lüste auf Brüste, ob Schniedel zum Lieben,
ob hängend, ob drängend in finsterer Nacht –
Lilo Wanders hat sie ans Licht gebracht.
Schalt schnell zum Lifestyle-Magazin!
Siehst du, da, die Pornoqueen
nach der Arbeit im Scheinwerferscheine?
Sieh: Bei der grüßen sich jetzt die Beine.
Warum bloß? Ich würd es so gern erfahren.
Vielleicht, weil sie so lang nicht zusammen waren?
Es ballern aus den Fernsehkisten

die Vergnügungsterroristen,
bis wir alle uns ergeben
unter ihrem Dauerschuß.
Nur der verdient den Schwachsinn sich im Leben,
der täglich ihn erobern muß.
Und bis zum Sinken überladen
kentert dort im Sturm ein Boot.
Doch uns kann keine Sintflut schaden:
Wir lachen uns schon vorher tot.
Und zwischen Muschi, Jux und Pimmel,
da liegt des Fernsehvolkes Himmel.
Verblödet fragt sich groß und klein:
Bin ich noch Mensch? Das kann nicht sein.

Wassermusik

2002

»Wir sind im Kampf gegen das Hochwasser für jeden Sack dankbar«, sagt die Frau übern Gartenzaun. Erst kam die Flutwelle. Dann kam Stoiber. »Schlimmer kanns ni komm'!« sagt die Frau, »'s steigt schon über neun Meter!« In gelben Hochwasserstiefeln stakst der bayrische Ministerpräsident (CSU) übers Dresdner Trockengebliebene und sagt »Ä, ä, ä«. Die Frau (parteilos) sagt übern Gartenzaun: »Was will 'n der Knallarsch hier?!«

Ähnliches hat Rossberg über den Polittourismus gesagt. (Für alle politisch Interessierten: Das ist nicht der Besitzer einer Drogerie-Kette, sondern Dresdens OB. Die Drogerie-Kette heißt Rossmann.) Rossberg hat nicht Knallarsch gesagt. So was darf er nicht sagen. Als OB. Die Frau am Gartenzaun (parteilos) darf so was sagen. Schröder (für alle politisch nicht Interessierten: Kanzler von Deutschland) steht in gelben Hochwasserstiefeln im Grimmaischen Trockengebliebenen und sagt, daß das jetzt keine

Zeit für Wahlkampf sei. Schröder schaut dabei den neben ihm stehenden sächsischen Ministerpräsidenten an. (Für alle, die jetzt Biedenkopf denken: er heißt Milbradt.) Der sächsische Ministerpräsident (CDU) schaut Schröder (SPD) nicht an. Das darf der sächsische Ministerpräsident auch nicht. Weil Wahlkampf ist. Frau Merkel (CDU) sagt, daß sie auch ein Stück weit betroffen sei. Obwohl sie eigentlich gar nicht betroffen sei.

Daß Politiker betroffen sind, ist nicht neu. Zur Oderflut war Herr Kohl (für die jüngeren Leser: früherer Bundeskanzler) auch betroffen. Aber nicht ein Stück weit. Ein Stück weit ist neu. »Mir wärns schon packen!« sagt die Frau übern Gartenzaun, »bei mir is bloß de Sesselgarnidur abgesoffen.« Schumi spendet. Gottschalk spendet. Harald Schmidt spendet. Harald Schmidt (West) sagt, wenn er schon so viel spendet, will er auch ein Mitspracherecht haben, was für eine neue Sesselgarnitur sich die Frau am Gartenzaun (Ost) kauft.

Die Flut steigt. Der DAX steigt. Der Börsianer sagt, die Bauindustrie erwartet durch das Hochwasser eine Hochkonjunktur. Die Nachbarin ruft zur Frau hinterm Gartenzaun: »Plötzlich sind sie da, die Milliarden für den Osten.« Die Frau sagt übern Gartenzaun: »Die Gadastrophe kam grad noch zur rechten Zeit. Mal so gesehn.« Die Nachbarin sagt, daß die Politiker vielleicht die Katastrophe absichtlich organisiert haben, um von ihrer eigenen Katastrophe abzulenken. Der Mann von der Frau kommt hinzu und sagt zu seiner Frau, daß das gar nicht geht, weil, sagt der Mann von der Frau, die Natur die einzige Macht ist, die sich nicht korrumpieren läßt. Das gelingt, sagt der Mann, nicht mal den Amerikanern. Deshalb, sagt der Mann, rächen sich ja auch die Amerikaner an der Natur und unterschreiben nicht das Abkommen von Ky... Ky... o... »Nu sagt schon, wies heißt, 's war so was Japanisches.« – »Kimono«, sagt die Frau. »Genau«, sagt der

Mann, weil, sagt er weiter, die Amerikaner denken: Wenn das Ozonloch den Bush sieht, zieht es sich vor Schreck selber zusammen. Die Frau sagt: »Mir wärns schon packen.« – »Wir haben schon gepackt«, sagt die Nachbarin, »falls es noch schlimmer kommt.« – »Was solln noch Schlimmres komm' als die Flutwelle!?« sagt die Frau übern Gartenzaun.

Im Fernsehen spricht Westerwelle (FDP). Herr Westerwelle (für die politisch nicht so Interessierten zum Trost: müssen sie nicht unbedingt kennen) sagt, die Steuern müssen herunter. Herr Eichel (SPD) sagt, die Steuerreform wird verschoben. Frau Merkel (CDU) sagt: »Aber nur, wenn die Körperschaftssteuer erhöht wird. Wenigstens ein Stück weit.« – »Gut«, sagt Schröder (SPD), »dann erhöhen wir halt die Körperschaftssteuer.« – »Nun grade nicht, ätsch!« sagt da die Angela (CDU). Herr Stoiber (CSU) ruft zum Abschied den Flutopfern zu, daß sie ihn bald, ä, bald, wieder wiedersehen, wenn sie ihn als neuen – ä, Bundes... Bundeskanzler kriegen. Die Frau übern Gartenzaun sagt zur Nachbarin: »Mir wär's lieber, wenn ich 'ne neue Gautschgarnidur krieg!« Herr Kachelmann (ARD) sagt, das hätte er alles vorhersagen können, wenn die Flut auf ihn gehört hätte. In Bad Schandau ruft ein Kind: »Gucke mal, Mutti, die Russen komm'!« Ein Amphibienkoloß schiebt einen Brückenrest zur Seite. Der Fahrer sagt: »Charascho?« Der Fahrer hat keine gelben Stiefel an. Er steht im Wasser.

Gedenken

2002

Als ich vor 45 Jahren zum ersten Mal mit einem Jugendkabarett eine Bühne betrat, spielten wir einen Witz: »Warum öffnest du denn den Regenschirm?« fragte ich meinen Partner. »Es regnet doch gar nicht.« Der antwortete: »Ich weiß. Aber vielleicht regnet's in Moskau.«

Dies fand der Schuldirektor antisowjetisch und verbot uns. In einer Diktatur kein ungewöhnlicher Vorgang.

Statt Moskau USA – und dieses Witzchen bekäme eine Aktualität, bei der ich mir nicht so sicher bin, ob nicht auch heute ein Schülerkabarett als antiamerikanisch in die freiheitlichen Schranken verwiesen würde. Unverbrüchliche Freundschaft und uneingeschränkte Solidarität sprießen aus gleichen Wurzeln.

Ich weiß: Ulrich Wickert wäre ein ähnlicher Vergleich kürzlich fast zum Verhängnis geworden. »TV-Verbot für Wickert?« titelte BILD mit der Unterzeile: »Wickerts böse Sprüche über Bush und Bin Laden.« Was ist denn da passiert?, schrak ich auf, hat der Wickert etwa den Bin Laden beleidigt? Nein, er hatte den Bush beleidigt. Worauf Frau Merkel aufschrak: »Der Mann muß weg! Absetzen!«

Seltsam: Als der italienische Medien- und Regierungsboß Berlusconi in einer Rede die Moslems beleidigte, floß dieser Aufschrei der Empörung nicht über Frau Merkels demokratische Unterlippe. Mag sein, sie kannte Berlusconis Ausscheidungen nicht. Vielleicht interessiert sich Frau Merkel nicht für Politik.

Und wenn auch Schily (von grün über rot nun im Alter ein bißchen nachgedunkelt) »gewissen intellektuellen Kreisen« wie diesem Herrn Nobelpreis-Grass den »Antiamerikanismus« mit dem Knüppel austreiben möchte – mit mir können weder Merkel noch Schily ein bißchen McCarthy spielen: Ich habe schon am 8. (!) September in meiner Kolumne die NATO aufgefordert, von Mazedonien gleich »bis nach Afghanistan weiterzuziehen, um Hunderttausende Männer, Frauen und Kinder vor den Taliban zu retten.« Aber am 8. September hielt selbst Bush noch die Afghanen für eine Hunderasse, Taliban für eine iranische Volkstanzgruppe und die Nordallianz für eine Versicherungsgesellschaft. Umso erfreulicher, daß die NATO gern begeistert meinem Aufruf folgen will, was ich als Beweis für die Schlagkraft von Satire werte.

Doch an jenem 8. September war noch nichts Schlimmes geschehen: Im fernen Gazastreifen sprengten ein paar Palästinenser ein paar Israelis in Fetzen, die ihrerseits ein paar Palästinenser erschossen hatten, während unweit davon auch an diesem Tag wieder ein paar Hundert an den Folgen eines Embargos verreckten und 24 Tausend Hungerleider auf der Welt das Hungern satt hatten und einfach tot umfielen. Die Welt war also noch in Ordnung.

Drei Tage später bombten Terroristen ihren Haß auf die Supermacht und vernichteten Unschuldige. Das ist pervers, sage ich. Drei Wochen später bombt die Supermacht zurück und vernichtet Unschuldige. »Das ist nicht zu vermeiden«, sagt der US-Verteidigungsminister. Und meine Regierung sagt, wir seien jetzt alle Amerikaner. Aus Dank. Weil sie uns befreit haben. Ich möchte mich entschuldigen: Mich haben die Russen befreit. Und trotzdem bin ich kein Russe.

Wenn es Frau Merkel und Herrn Schily recht ist, will ich der Gemordeten gedenken ohne zu denken. Die Gusche zu halten konnte ich ja vierzig Jahre lang üben, da wird es mir jetzt nicht schwer fallen. Meinetwegen: Terror kann man nur mit Terror verhindern. So wie man Trittbrettfahrer verhindert, indem man alle Trittbretter absägt. Hauptsache Sicherheit.

Deshalb schreib ich in Schilys Otto-Katalog: Vorwärts zur totalen Überwachung! Die Anti-Terrorgesetze – sie leben hoch! Nieder mit den Andersdenkenden! Laßt uns um die Demokratie kämpfen, bis wir sie besiegt haben.

Schöne Bescherung

2002

MORGEN, KINDER, WIRD'S WAS GEBEN. Aber wo soll denn der Weihnachtsmann die Geschenke hernehmen? Knecht Ruprecht Gerhard kommt auf glattem Eis. Der Bundeskanzler behauptet zwar, er sitze fest im Sattel. Aber angesichts sinkender Umfragewerte muß man schon mal fragen, ob sich gegenwärtig unter seinem Sattel noch ein Pferd befindet. Denn die Wunschzettel sind gefüllt. Aber der Sack von Herrn Eichel ist leer. Es gibt nichts mehr zu verteilen. Nach den Wahlen hat der Finanzminister plötzlich festgestellt, daß er ein großes Loch hat. Das muß er nun notdürftig stopfen. Kurz: Die Kacke ist am Dampfen.

Und dort, wo es stinkt, ist die Zeitung mit den vier großen Buchstaben nicht weit: »Kanzler, uns reicht's!« Die roten Brigaden in Springers Redaktionsstuben riefen mit schweren Geschützen das Volk zur Revolution auf. Aber wer geht schon bei dem Sauwetter auf die Straße? Das Volk stürmte in diesen kalten Novembertagen nicht die Barrikaden und wärmte sich stattdessen fröhlich an einem grobmaschig gestrickten Steuersong. Nur ein paar Besserverdienende protestierten mit vor Hungerödemen aufgeblähten Bäuchen gegen die drohenden, wenn auch auf der ganzen Welt üblichen Steuern auf Aktien- und Immobiliengewinne. Der sich selbst zum Vordenker ernannte Historiker im Ruhestand Arnulf Baring stürmte die Stammtische der Fernseh-Disku-Theken und wiederholte mit einer für einen Rentner erstaunlichen Ausdauer: »Die Situation ist reif für einen Aufstand!« Schon wurde die Antiterroreinheit alarmiert, weil Straßenschlachten von Bankern gegen die Börse und vermummte Aufmärsche von Beamten gegen das verhaßte System befürchtet wurden. Aus den Pißecken der Medienanstalten richteten die Widerstandskämpfer ihren scharfen Strahl gegen die Herrschenden: »Lügner! Wahlbetrüger! Blutsauger!« Denn sie hielten das Volk für zu blöd, als daß es hätte erkennen können, daß nach Konjunkturtalfahrt und Hochwassermilliarden und ewiger Feigheit vor Problemlösungen nach der Wahl Rot-Grün nicht als Fettauge auf der Brühe dahergeschwommen kommt. Wir alle wußten, ob Schröder oder Stoiber: Wir werden den Gürtel enger schnallen müssen. Aber nur Modezar Lagerfeld nahm das ernst und magerte freiwilig 40 Kilo ab. Die unfreiwillig ausgemergelten Obdachlosen und Sozialhilfeempfänger bleiben freiwillig in den Dreckecken der Gesellschaft liegen, weil sie wissen, daß ihnen keine Lobby hilft. Umso lauter schreien gutbezahlte Akademiker, Manager und Mittelständler aus dem Jammertal ihres Zweithäuschens, und aus den Schlupfwinkeln von Steuerhinterziehern und den Geldzentralen der Hütchenspieler schallt ein Geheul: Die Apokalypse droht! Das blanke Elend versetzt selbst unsere geliebten Promis in starres Entsetzen: Energie Cottbus trifft vor Panik weder Ball noch Tor, Boris Becker kommt kreidebleich aus dem Gerichtssaal, Michael Jackson läßt sein Kind fast vor Schreck fallen, kaum daß er deutschen Boden betritt. Das einzige funktionierende Organ in Deutschland scheint Dieter Bohlens Schwanz zu sein. Und das will nun Frau Merkel in einem Untersuchungsausschuß untersuchen. Die CDU will erkunden, ob die Wahlversprechen Betrug gewesen seien. Das ist ungefähr so, als solle eine Kommission erforschen, ob sich in der Butter Fett befindet. »Bei Wahlbetrug künftig fünf Jahre Haft!« dringt ein Ruf aus dem bayrischen Wald. Ach du meine Güte: Kohl müßte nachträglich lebenslänglich kriegen.

Eine schöne Dreieinigkeit legt unser Land lahm: Eine Regierung, die schlecht regiert. Eine Opposition, die schlecht opponiert. Und ein Volk, das nur lamentiert. Wer wickelt uns aus dem Jammerlappen? Frau Merkel weiß, wie's geht.

Auf dem Parteitag verkündete sie, die CDU wisse sehr genau, wie das Land aus der Krise zu führen sei. Aber sie sagt es nicht. Hat sie gesagt. Denn wenn sie es sagen würde, wüßte ja auch die Regierung, wie's geht. Das geht nicht. Sagt sie. Also jammern wir gemeinsam weiter.

Ich höre Nachrichten. In Bangladesh wurden 20 Menschen zertrampelt, als Tausende zu einer kostenlosen Kleiderausgabe stürmten. In Mauretanien wurde eine Sklavin auf dem Markt verkauft. In China wurde der 2000. Häftling in diesem Jahr hingerichtet. Getötete Palästinenser. Rache, ruft Arafat. Getötete Israelis. Rache, ruft Scharon. Bin Laden droht mit Terror. Bush droht mit Krieg. Ich bin in großer Sorge, ob wir das Ladenschlußgesetz in Deutschland wirklich lockern werden ...

Bonuspunkte für ein neues Jahr

2003

Ich habe zum Jahreswechsel ein Jubiläum gefeiert: Zum 20. Mal nahm ich mir vor, im neuen Jahr nicht mehr zu rauchen.

Diesmal schaffe ich es. Denn meine Krankenkasse verspricht mir dafür Bonuspunkte. Für Geld mach ich alles. Wenn mir die DAK fürs Nichtrauchen pro Jahr sieben Euro fünfzig erläßt, nehm ich 365 qualvolle Tage mit Freude in Kauf. Aber zunächst muß ich jeden Winkel meines Hauses mit speziellen Zigaretten-Rauchmeldern ausstatten, die mit der DAK-Zentrale in Hamburg verbunden werden. In dieser Zentrale werden extra 1236 Mitarbeiter eingestellt; und wenn ich auf einem noch so stillen Örtchen auch nur ein Nikotinwölkchen heimlich in die Luft blase, schreckt die DAK-Kampfgruppe durch einen schrillen Alarmton auf und paff – weg sind meine Bonuspunkte. Freilich: Die Rauchmelder kosten mich erst einmal 150 Euro. Aber als Nichtraucher lebe ich ja länger. Und so habe ich gute Chancen, das Jahr 2033 zu erleben, in dem sich diese Anschaffung amortisiert hat und die Zeit des Sparens flugs beginnt.

Ich würde zu diesem feierlichen Anlaß in 20 Jahren gern mit Ihnen, liebe Leserinnen und Leser, mit Sekt anstoßen. Aber dann striche mir meine Krankenkasse die Bonuspunkte, mit der sie meine strenge alkoholische Abstinenz belohnt. Zur Kontrolle muß ich zwar jeden Abend punkt 23 Uhr ins DAK-Labor zum Alkoholtest, und dererlei Streß hält man normalerweise nur besoffen aus. Aber wenn ich das Mittagessen auf diese nächtliche Stunde verschiebe, kann ich den Gang gleich mit einem kleinen Umweg ins zentrale Kücheninstitut verbinden, in dem ich meine mittäglichen Bratkartoffeln auf Pestizide, Nitrate und Acrylamid untersuchen lasse. Bescheinigt mir das amtliche Testat gesunde Ernährung, bringt mir das zusätzliche Bonuspunkte, und schon hab ich wieder drei Euro gespart, von denen ich mir eigentlich am nächsten Automaten eine Schachtel Zigaretten kaufen könnte.

Aber man kann nicht alles haben. Geld oder Genuß. Die paar Jahre bis zum Rentenalter halt ich das aus. Denn ab 65 kippt das Bonussystem: Dann ist die Krankenkasse in Absprache mit der Rentenkasse bestrebt, daß ich möglichst wie ein Schlot rauche und wie ein Loch saufe. Dann gibt es Bonuspunkte, wenn ich nachweislich 40 Zigaretten und eine Flasche Fusel pro Tag schaffe, mein Rentnerdasein samt damit verbundener Rentenzahlung also nach der Wahrscheinlichkeitsrechnung um einige Jahre verkürze und somit Eichel eine Freude bereite. Aber um mir dann die 40 Zigaretten täglich leisten zu können, muß ich jetzt noch meine mir Geld bringenden Bonuspunkte vermehren, indem ich eine Verpflichtung unterschreibe, daß ich mich jeglichen Extremsports enthalte, also weder mit Wasserskiern Felswände hinunterstürze noch Bungee ohne Seil springe und auch auf derart gewagte Körperverrenkungen verzichte, wie sie unser Bundeskanzler vollführen muß, wenn er dem Bush Aug in Aug sein Kriegs-Nein ins Gesicht schreit und ihm dabei gleichzeitig in den Arsch kriecht.

Aber das ist ein anderes Thema. Gedankenakrobatik à la Fischer, einen Krieg abzulehnen und ihm eventuell doch im Sicherheitsrat zuzustimmen, gelingt mir sowieso nicht. Ich hoffe nur, meine Krankenkasse vergibt für Haltungsschäden keine Bonuspunkte. Denn der Aufenthalt in Bush-Feuern aller Art gehört nicht unbedingt zur gesunden Lebensweise. Da qualm ich lieber am Stammtisch und schütt mir die Birne zu. »Sauf dich voll und freß dich dick und halt das Maul von Politik« – so stand es als Losung in meiner einstigen Kneipe. Und fürs Maulhalten gab es in Deutschland schon immer Bonuspunkte.

Herr Piefke übt am Stammtisch Toleranz

2003

Ich versteh nicht, warum die Menschen es sich so schwer machen mit den Menschen. Zusammenleben wär so einfach mit ein bißchen Toleranz.

Ich hab nichts gegen Toleranz. Man muß Mensch bleiben, ob man will oder nicht. Angeblich sollen wir ja alle homo sapiens sein, da muß ich mal klarstellen: Ich nicht! Ich bin hetero! Damit ich nicht falsch verstanden werde: Ich hab nichts gegen Homos. Aber wenn die jetzt auch noch in der Ehe leben wollen wie unsereins: Das halten die doch gar nicht aus, so ein deutsches Familienleben. Wenn der Mann da mal zuschlägt, da rennen die doch gleich weg und verstopfen die Frauenhäuser. Ich sage Ihnen: Wenn die Schwulen einem laufend vor den Augen rumschwuchteln mit Nasenringen im Ohr und dann noch behaupten »Und das ist gut so«, dann sag ich denen: Wißt ihr was? Ihr geht mir am Arsch vorbei!

Damit ich nicht falsch verstanden werde: Ich hab nichts gegen Nasenringe. Ich hab da bei meiner Kenia-Reise ein Video gemacht von diesen Azteken, wie sie Hula-Hula am Titicacasee tanzen. Ich sag Ihnen: Die Weiber – solche Nasenringe! Ich konnte kaum hingucken bei meinen Nahaufnahmen. Aber ich sag immer: Alles, wo's hingehört. Wenn die nun alle zu uns kommen wollen, bloß weil hier um die Ecke bei Aldi die Bananen billiger sind, da kann ich den Hungerleidern nur empfehlen: Macht mal einen kurzen Urlaub bei uns. Aber dann wieder dawei! Doswidanja, wie die sowjetischen Freunde sagten, als wir sie noch tolerieren mußten. Ich hab nichts gegen Russen. Obwohl die jetzt nicht mehr unsere Brüder sind. Aber das ist ja das Ungerechte: Die Russen sind abgezogen – die Homos sind geblieben. Und warum? Weil unsereins so tolerant ist.

Wie gesagt: Ich hab nichts gegen Toleranz. Damit wir uns nicht falsch verstehen. Ich bin selbst zu Asylanten immer ganz freundlich. Ich sag immer: Liebe Negerinnen und Neger, hier nix Schwarzarbeit! Aber die Politiker sperren sie ja sofort in Heime. Zivilisierte Wohnhäuser für Menschen, die normalerweise unter freiem Himmel schlafen. Das ist doch keine artgerechte Haltung für afrikanische Bergvölker. Die brauchen ihren Kral. Da können sie ihre afrikanischen Gewohnheiten austoben.

Damit ich nicht falsch verstanden werde: Ich hab nichts gegen Bergvölker. Ich liebe die Bayern. Ein gemütlicher Stamm! Wenn dort so die Eingeborenen in Oberammergau jodelnd am Stammtisch sitzen – da kannst du Heino glatt vergessen. Mir hat auch den ihr Staatspräsident immer gut gefallen, wie heißt er gleich? Na, der so eine Almhütte hatte, ich kenn den von einem früheren Foto. Der immer gegen die Homoehe und die Verrassung gewettert hat. Egal. Aber wenn die Bayern uns zentnerweise als Touristen mit ihrem Dialekt überfallen, so daß du vor der Dresdner Frauenkirche denkst, jetzt läuten die Glocken vom Münchner Hofbräuhaus – Hitler hieß er!

Damit ich nicht falsch verstanden werde: Ich hab nichts gegen Frauen. Ich meine: Wenn sie nun der liebe Gott schon mal geschaffen hat, kann man ja sowieso nichts mehr dagegen machen. Ich hab nicht mal was gegen Frauen im Bundestag. Dort muß auch mal saubergemacht werden. Aber wenn die jetzt schon im gebärfähigen Alter in der Politik mitmischen, so daß unsereins vielleicht noch die Kinder stillen muß, da hat ja die Toleranz auch ihre natürlichen Grenzen. Da kann die Alice Schwarzer agitieren so lange sie will, da kommt mir noch lange nicht die Muttermilch hoch. Ich hab nichts gegen Kinder. Aber wenn bei mir zu Hause die Rotzlöffel nach der Schule über meinen frischgeharkten Weg latschen: Hände vorstrecken und eins drauf auf die Klauen!

Apropos klauen: Ich hab nichts gegen Polen. Damit ich nicht falsch verstanden werde. Die können ja nichts dafür, daß sie Ausländer sind. Aber die Weltbevölkerung besteht ja mittlerweile zu 98 Prozent aus Ausländern! Die Sorben noch gar nicht dazugerechnet. Und dann heißt es immer, das sind Minderheiten, auf die ich Rücksicht nehmen muß. Als Autofahrer auf die Radfahrer, als Raucher auf die Nichtraucher, als Rechtshänder auf die Linkshänder und als Steuerzahler auf die Kinderreichen. Die Minderheiten sind längst in der Mehrzahl.

Ich hab jetzt mal einen kinderreichen schwulen Linkshänder auf einem Fahrrad getroffen, der wie ein Neger aussah und polnisch mit bayrischen Akzent sprach. Und so was versteh ich nicht! Das ist einfach eine Überfremdung zu viel! Und wenn die halbwegs Normalen wie unsereins in der Minderheit sind und unterdrückt werden, da darf man sich doch nicht wundern, wenn sich die Nazis die Glatzen kämmen und mit dem Baseballschläger die Zeit totschlagen. Ich meine: Ich hab nichts gegen Nazis. Damit ich nicht falsch verstanden werde!

Laßt mich in Frieden

2003

Wir wissen es doch alle: Natürlich ist dieser Mann eine Gefahr für die Welt. Natürlich besitzt er Atomwaffen und droht mit deren Einsatz. Natürlich hat er biologische Waffen. Natürlich arbeitet er mit der UNO nicht kooperativ zusammen. Aber, ich bitte Sie: Man kann doch nicht Amerika wegbomben, nur weil einem der Bush lästig ist.

Da muß man doch dessen Entmachtung erst einmal friedlich versuchen. Man könnte die Monica Lewinsky fragen, ob die ihn mal ein bißchen von seinen Weltherrschaftsplänen ablenkt. Sie hat es doch bei Clinton auch geschafft, daß bei ihm alle Kriegsgedanken wie weggeblasen waren. Mit heruntergezogener Hose läßt es sich halt schlecht ins Feld stürmen.

Vielleicht genügt es auch schon, den amerikanischen Präsidenten mal darauf hinzuweisen, daß die schwarzen Schutzkappen noch vor der Linse sind, wenn er mit seinem Feldstecher die Weltlage beäugt.

Ich denke, unsere Urteile über die USA-Politik sind einfach zu grob. Wenn zum Beispiel der SPD-Professor Peter Glotz den Rumsfeld einen »durchgeknallten Amerikaner« nennt, dann sag ich Ihnen: Mit zunehmendem Alter knallt halt mal eine Birne durch. Das ist doch normal. Da steht man eines Tages früh auf und sieht: Man ist nicht mehr allein. Man hat einen kleinen mitlaufen. Aber deshalb hab ich doch noch lange nicht das Recht, meiner Großmutter eine Tellermine in den Nachttopf zu legen. Gut, der Bush erfüllt UNO-Vereinbarungen nicht, er tritt dem

Klimaabkommen und dem Biowaffenverbot und dem Weltgerichtshof nicht bei. Na und? Da muß man es erst mal mit Inspektoren versuchen, die nachforschen, ob es im Weißen Haus wirklich irgendwelche Milzbranderreger gibt. Meine Frau hat in unserem Wohnzimmer auch schon mal Teppichmilben entdeckt. Irgendwelches Ungeziefer findet man überall. Und wenn die Inspektoren wirklich die Flöhe im Weißen Haus husten hören, kann man ja immer noch den Kammerjäger hinschicken. Vielleicht gibt es auch biologisch abbaubare, also gesündere Gegenmittel.

Ich erinnere mich, daß mir als Kind immer Lebertran geholfen hat. Immer, wenn mir der Arzt etwas Gutes antun wollte, gab es einen Löffel Lebertran. Jahrelang. Der muß zu Hause im Aquarium einen Wal besessen haben. Öl hilft immer, hat er damals zu mir gesagt. Man muß nur genügend Öl schlucken. Viel Öl beruhigt.

Doch lassen wir mal diesen lächerlichen Vorwurf, Herrn Bush würde es nur ums Öl gehen. Worum, liebe Leserinnen und Leser, würde es Ihnen denn gehen, wenn die Ölmultis Sie samt Ihrer ganzen buckligen Verwandtschaft gekauft hätten?! Ich kann diese deutsche Doppelmoral nicht leiden: Großkotzig im VW durch die Gegend rasen, sich aufregen, wenn Benzin teurer wird, aber andauernd jene in Amerika anpinkeln, die das billige Öl garantieren wollen. Aber hören Sie bitte nicht auf so einen wie mich, der mit so untauglichen Losungen wie »Nie wieder Krieg« aufgewachsen ist. Und wenn Sie Angst vor einem Krieg haben, dann beten Sie mit mir:

Vater unser, der du bist auf Erden, unsern täglich Schurken gib uns heute, das Reich des Bösen komme, auf daß es uns verunsichere und wir nach deiner Sicherheit rufen. Erlöse uns von dem Übel, heiße es Saddam oder Satan. Dein Öl fließe, dein Wille geschehe nicht nur über Afghanistans Himmel, also auch auf Bagdads Erde. Gib uns unsere Angst und führe uns nicht in Versuchung, angstfrei zu leben. Denn wer sein Volk stets in Angst hält, muß es nicht fürchten. Amen.

Völker, hört die Signale

2003

Da sitzen nun all die Friedenspfeifen vom atheistischen Schröder bis zum parkinsonschen Papst am Katzentisch der neuen Weltordnung und müssen sich schämen. Der Blitzkrieg war ein Blitzsieg! Sieg auf der ganzen Frontlinie!

Noch nie wurde so präzise getötet. Noch nie konnten sich Mütter zerstückelter Kinder so freuen, daß die Leichenberge kleiner waren als von den ewig gestrigen Kriegsgegnern orakelt. Es gibt eine gewisse Menschlichkeit beim Morden. »Act of Humanity« nennt es Rumsfeld, der immer für einen Witz gut ist. Es hätte noch weniger Opfer geben können, »... wenn da in Bagdad nicht die Zivilisten so stur rumhängen würden, statt zu fliehen« (O-Ton eines Militärexperten in TV-Fox News).

Zivilisten sind überall im Wege. Wir wissen es längst: Ohne Menschen wäre die Geschichte nicht so blutig verlaufen. Ohne Menschen hätten die heiligen Ideen der Propheten viel schneller die Massen erreichen und siegen können. Aber da Bagdads Zivilisten so stur rumhingen, konnten sie wenigstens die Sieger bejubeln. »Die Hand, die du nicht abschütteln kannst, mußt du schütteln«, sagt ein arabisches Sprichwort. Menschen jubeln gern. Gar zu gern jubeln sie ihren Peinigern zu. Deshalb war der Jubel bei Hussein größer. Bei Hitler war er am größten. Der Mensch hat eine Sehnsucht, nicht frei zu sein. Der Mensch braucht einen Führer. Einen, der uns diktiert, wo es langgeht. In der Freiheit sind wir verloren wie in einem Irrgarten. Der Mensch braucht einen Wegweiser. Wie groß war einst die Liebe zu Väterchen Stalin. Wie groß zum weisen Mao. Die Unterordnung unter einen Gott macht die Menschen frei. Von Verantwortung. Freiheit ist ein süßer Vogel. Wer ihn erst mal gefangen hat, sperrt ihn in einen Käfig. Deshalb ist wohl die Liebe der Iraker zu den die Freiheit frei Haus liefernden GIs nicht ganz so groß. Die Iraker wollten erst mal trinkbares Wasser. Und Strom. Und endlich mal ein bißchen was besitzen. Deshalb plünderten sie. Erst kommt das Fressen, dann kommt die Moral.

Wir Ostdeutschen kennen das: Wie wir uns mit Freiheits-Sprechchören vereint gegen die Mauer warfen, bis sie fiel und der Weg zum Kaufhaus des Westens frei war. Wie wir die Wühltische der Konsumtempel stürmten und uns mit geniehaften Tricks mehrmals mit Westgeld begrüßen ließen. Na gut, wir plünderten auf höherem Niveau und hatten zum Verschachern unserer Schätze wenigstens Frau Breuel. Die Iraker klauten ohne staatlichen Auftrag. Mag sein, die Sieger hätten ein paar zerfetzte Kinder, denen die Plünderer das Bett unter der verbrannten Haut wegzogen, in ihre zivilisierten Hospitale ausfliegen können. Aber sie hatten noch keine Zeit dazu. Sie mußten noch bomben. Entweder Ölfelder schützen oder Krankenhäuser – Befreier können nicht überall sein. »Das hätte es unter Hussein nicht gegeben! Da herrschte noch Ordnung!«, »Es war halt nicht alles schlecht früher!« riefen die Irakis.

Es ist ein Sieg. Zwar ist Hussein noch nicht gefaßt und niemand weiß, ob er sich lebend oder als Asche im Irak oder in Syrien versteckt hält. Zwar wurden noch keine Massenvernichtungswaffen gefunden, aber der CIA wird doch wenigstens fähig sein, ein paar Giftfässer in der irakischen Wüste zu verbuddeln. Es ist ein Sieg. Und wir müssen sagen, wir sind nicht dabei gewesen. So werden wir auch nicht am auf 100 Milliarden Dollar Gewinn berechneten Wiederaufbau Iraks dabeisein dürfen. Ein bißchen Nahrungsmittelhilfe, na gut. Wer sich weigert, Kanonen für den Krieg zu liefern, darf halt im Frieden nur Gulaschkanonen schicken. Es sei denn, Frau Merkel spielt noch mal bei Bush die Schmusetante und fliegt wieder nach Amerika. Als Abwehrrakete. Dann dürfen wir vielleicht noch dabei sein, wenn von der neuen Abschußrampe Irak die amerikanische Demokratie in die ganze Welt geballert wird. Brüder, unterm Sternenbanner muß ein guter Vater wohnen: Von Havanna bis Teheran wehen die siegreichen Fahnen McDonald's, die Muselmänner feiern den Ramadan mit Viagra und Whisky und der Platz des Himmlischen Friedens wird zum Disney-Park. Völker, hört die Signale, auf zum letzten Gefecht: Die Mickey-Mouse-Zentrale erkämpft das Menschenrecht! Vorwärts! Krieg muß endlich wieder zu einem Mittel der Völkerfreundschaft werden.

Wir Sommerlöcher

2003

Voyeuristisch genießen wir den Anblick: Herr Eichel zieht sein letztes Hemd aus, Krankenschwester Ulla will ihm trotzdem noch in die Taschen greifen, aber auch sie sieht: da ist nichts. Nur ein großes Loch.

Und in dieser Situation packen Sie, liebe Leserinnen und Leser, Ihren Ferienkoffer? Ist Ihnen nicht ein letzter Rest von Scham geblieben, daß Sie sich als freizeitgeile Einzelkinder der Nation Ihren Urlaub bezahlen lassen wollen? Muß uns denn erst ein Chef der verarmten Deutschen Bank erklären, daß die Zeiten vorbei sind, in denen das Volk einfach so seine Eier in der Hängematte schaukeln lassen kann?! Wollen Sie weiterhin als Handlanger einer Trillerpfeifengewerkschaft die Trantunten des Fortschritts sein? Dieser Freizeitpark-Mentalität wegen hat uns schon in unserer gesamten Geschichte die Welt verlacht: Als die Römer die Fußbodenheizung erfanden, lagen wir Germanen noch mit unserer arbeitsscheuen Haut auf dem Bärenfell. Als die Chinesen das Porzellan erfanden, döste der alte Böttcher noch als Eizelle im Mutterschoß vor sich hin. Als Kolumbus Amerika entdeckte, hockten wir mittelalterlichen Weicheier noch hinterm Holunderbusch und spielten »Hänschen piep einmal«. Die ewige Rezession.

Und nun mucken wir wieder auf, bloß weil ein Unternehmer-Präsident vorschlägt, daß wir in den nächsten fünf Jahren lächerliche 500 Stunden unentgeltlich zusätzlich arbeiten sollen. Na und?

Wenigstens wir im Osten sind doch Subotniks gewöhnt. Wir könnten doch glatt mit Links unseren feiertagsverwöhnten, am liebsten in Bierzelten herumlungernden Kampfgenossen aus Bayern voranschreiten, wenn es darum geht, auf Oster- oder Pfingstmontage zu verzichten. Wenigstens diese Erfahrungen könnten wir ansonsten arbeitsscheuen Ossis doch in die deutsche Einheit einbringen. Aber da muß erst Herr Clement seinen Vorschlag, Feiertage einzusparen, von Herrn Honecker abschreiben.

Während das Volk träge an seinen Stammtischen hockt und sich darüber die Gehirnzellen wund reibt, ob Herr Friedman Koks oder Briketts geschnüffelt hat. Ich gestehe: Mich interessierte so was bisher überhaupt nicht. Auch wenn ich immer schon Herrn Pinkel für ein ziemliches Ekelpaket hielt, dachte ich: Was geht's mich an! Sollen sich doch in seinen Haaren so viel Giftreste ansammeln, bis ein Ozonloch über seinem Kopf entsteht. Und wenn auch wegen Friedmans angeblicher Rotlichtbelustigung dem Bäcker meines Fleischers die Zunge bis in den Kuchenteig hängt, vor Neid, weil er sich selbst nicht drei Nutten auf einmal leisten kann: Es ging mir bisher am

Hintern vorbei. Bis vor vierzehn Tagen ein Fernsehmoderator mit einer Anspielung auf »Uschis Nacktfotos« vergeblich auf eine lustige Antwort von mir hoffte. Ich wußte von nichts. Da war ich aber öffentlich blamiert.

Seitdem studier ich täglich jene bisher aus intellektueller Hochmütigkeit gemiedene Zeitung, bei der man im Bilde ist, was die Nation bewegt.

Nun kann ich mitreden über den Hausfrauenstrip von Uschi Glas und ob sich Dieter Bohlen von Thomas Anders scheiden läßt oder Daniel Küblböck von Michelle Hunziker geschwängert wurde oder Stefanie Hertel besoffen dem Stefan Mross einen auf dessen Trompete geblasen hat.

Weltbewegende Probleme dieser Art füllen nun meine Tage aus, die ich noch kürzlich mit so sinnlosem Grübeln verbrachte, warum Mister Rumsfeld im Irak keine Massenvernichtungswaffen findet, obwohl er deren Existenz belegen kann, weil er noch die Rechnungen hat. Und wieso in einer Demokratie Berlusconi sich handgehäkelte Gesetze über seine unsaubere Weste ziehen kann. Und wieso zum Beispiel meine Regierung nicht protestiert, daß in Guantanamo Menschenrechtshüter selbst Kindern Menschenrechte verweigern können. Wo doch die Grünen immer gegen die Käfighaltung waren.

Ich fühl mich nicht mehr verarscht von einer inszenierten Jessica-Lynch-Heldenstory oder von einem trauerheuchelnden Westerwelle. Ich hab ja eine koksende Stefanie Hertel und einen jodelnden Michel Friedman. Das wird nie langweilig.

Nächste Woche findet die bildende Zeitung garantiert wieder eine neue Sau, die sie durchs Dorf jagt. Und wenn's Hans Eichel ohne Hemd ist. Darauf freu ich mich. Schönen bezahlten Urlaub!

Apocalypso

2003

Die Firma Deutschland ist pleite. Also Konkurs anmelden, Firmenschild abmontieren. Irgendeine amerikanische Schokoladenbude wird uns schon übernehmen.

Rentensystem senil, Gesundheitssystem im Koma, Staatskassen geplündert. Des Kanzlers Wahllosung »Der Aufschwung kommt« war keine Wahllüge: Steuern steigen, Arbeitslosenzahlen steigen, Sozialbeiträge steigen, Staatsschulden steigen.

Schröder rüttelt am Kanzleramt und schreit: »Ich will hier raus.« Konzernbosse und Großbanker jammern so herzergreifend, daß man hofft, die Aktion »Brot für die Welt« möge sie vor dem Hungertod retten. Den Ärzte-, Pharmazie- und Apothekerlobbys geht es so schlecht, daß ich täglich überlege, mit welcher Krankheit ich ihnen eine Freude machen könnte. Im Handwerk blüht nur das horizontale Gewerbe. Ein Riesenheer von Beamten verwaltet sich selbst. Die Kommunen sind am Ende. Dresden zeichnet sich als Kunststadt nur noch dadurch aus, daß im Rathaus ein paar Orgelpfeifen ihr Dasein mit der Frage verbringen, wie man eine Operette schließen und gleichzeitig auf fünf verschiedenen neuen Standorten entstehen lassen kann. Es scheint, die Waldschlößchenbrücke führe längst als Tunnel durch die Amtsstuben, damit im Finstern keiner mehr durchsieht, ob Investoren, Architekten und Sponsoren vor dem leeren Stadtsäckel des OB erschrekken oder vor Bürokratie, Kleinkariertheit und Chaos. Statt Zukunftsentwürfe überall in Deutschland nur die reine Leere.

Ob Müntefering, Merkel, Koch oder Westerwelle – Visagen statt Visionen. Utopie hieß mal Lebenstraum. Heut wird sie im Kreuzworträtsel gesucht als Hirngespinst.

Die beiden revolutionärsten Reformen, die Deutschland ins glückliche Morgen katapultieren sollen: Ladenschluß und Dosenpfand. Regierung und Opposition spielen Hase und Igel: Rot-Grün steht am Abgrund, der Kanzler ruft »Vorwärts!«, aber die Union steht unten und ruft zurück: »Wir sind schon da!« Konsens zwischen den Volksparteien gibt es nur bei der Diätenerhöhung. Ansonsten lebenslänglich Wahlkampf und Machtgerangel. Und täglich ein Menü aus Talk-Sülze bei Christiansen mit unverdaulichem Quasselsalat von Roten Rüben und Schwarzwurzeln, bis man nicht mehr weiß, ob nun Ulla Schmidt durch einen Risikoausgleich für Scheinselbständige mit einer Nullrunde ihrer Eckpunkte gefördert oder Angela Merkel durch eine Unzumutbarkeitsregelung zur Förderung von Minijobs verhindert werden soll. Und zwischen den Gängen ein Rülpser vom Kanzler, dem ab und zu mal seine eigene Partei hochkommt. Als Dessert durchgerührten Rürupbrei.

Sie merken sicher, liebe Leserinnen und Leser, daß mir das alles schwer im Magen liegt. Aber wer vorschlägt, das Land aus der Krise zu führen, indem Arbeitslose, die spätestens mit 50 auf dem Schrotthaufen landen, bis 67 arbeiten sollen, dem ist auch zuzutrauen, daß er künftig Sechzigjährige notschlachten und anschließend zehn Jahre zwangsarbeiten läßt.

Nein, ich beneide Politiker nicht. Ich möchte ihren Job nicht haben. Aber ich kann sie auch nicht bedauern. Sie haben sich freiwillig wählen lassen. Und wir haben sie gewählt. Als Volksvertreter und nicht als Lobbyisten in Aufsichtsräten, die nur dann dem Gewissen verpflichtet sind, wenn das Gewissen VW oder Landesbank heißt. Meinetwegen: Erhöht euch die Diäten. Ich weiß: Politiker sind gegenüber der Wirtschaft die reinsten Billiglohnempfänger. Ich fühle mit, wenn sich Politiker gegenüber den Millionengehältern von Managern wie polnische

Schwarzarbeiter vorkommen. Aber, verehrte Mächtige: Mir graut nicht vor euren leeren Staatskassen, sondern vor euren leeren Köpfen. Vor eurem kleinlichen Parteiengezänk. Vor Christdemokraten, die nicht mehr christlich und vor Sozialdemokraten, die nicht mehr sozial sind. Fühlt euch nicht zu stark!

Nur 3 Prozent der Wahlberechtigten sind Mitglieder einer Partei, davon 90 Prozent reine Beitragszahler, die sich erst ihrer Parteizugehörigkeit entsinnen, wenn ihnen der Vorstand den obligatorischen Kranz aufs Grab legt. Alle anderen in diesem Land interessiert nicht, wie ihr euch gegenseitig mit Dreck bewerft, sondern nur, wie ihr dieses Land aus dem Dreck zieht.

Mir ist es egal, ob dem Kanzler ein Sommer im Genick sitzt oder ein Zwickel am Hintern – er soll handeln! Und wenn die Parteien das nicht können, dann wählen wir das nächste Mal den ADAC, der immerhin 15 Millionen Mitglieder hat und dem über 90 Prozent der Bevölkerung laut einer Umfrage das Vertrauen schenken. Unter seiner Führung wird es dann im Artikel 1 des Grundgesetzes oberstes Gebot sein: Tempo 200 auf allen Fußwegen und Rentner bei Rot über die Kreuzung! Da werden Sie mal sehen, wie das die Sozialkassen entlastet!

Nicht aufregen!

2003

Die SPD will auf den »demokratischen Sozialismus« in Ihrem Programm verzichten. Verzicht schmerzt. Aber wenn der Kanzler ein ganzes Volk zum Verzicht aufruft, muß halt auch die eigene Partei auf irgendwas verzichten.

Auch die CDU sollte das »Christlich« aus ihrem Namen streichen. In solch rudimentäre Sprachexkremente treten die ewig Gestrigen gern, wenn sie schlafwandelnd von sozialer Gerechtigkeit träumen. Meinetwegen sollen diese Nostalgiker ihren Zukunftstraum weiter träumen.

Im Mittelalter war es normal, bei Tisch zu rülpsen und zu furzen. Heut gilt das als unanständig. Mag sein, daß es in fernen Zeiten auch als unanständig gilt, das Volk zu bescheißen. Aber heute ist heute. Da ist nichts mit Ausgewogenheit beim Verteilen des Reichtums. Jetzt muß endlich in der Reformdebatte Schluß sein mit These und Antithese um die Finanzierung der Prothese. Auf, Sozialstaat, ade – einmal muß es vorbei sein! Mit einem leeren Beutel kann man keine großen Sprünge machen. Es sei denn, Eichel mutiert zum Känguruh. Wie soll er denn die Renten bezahlen, wenn die Rentner mit 85 immer noch aus der künstlichen Hüfte schießen wollen? Ohne Kinder keine Rente, das ist heute der Generationsvertrag. Wenn heut jede Frau nur 1,3 Kinder gebärt, können sich die Entbindungsstationen die größte Mühe geben, möglichst noch jede Nachgeburt hochzupäppeln – es reicht nicht. Entweder es kreißt im Kreißsaal wieder mehr oder jedem Werktätigen werden künftig zwei Rentner zugeteilt, die er gefälligst zu Hause durchzufüttern hat!

Natürlich könnte das Staatssäckel auch anschwellen, würden die Lieblingskinder der Nation von Beckenbauer bis Schumacher ihre Millionen nicht in Monaco scheu vor den neidischen Deutschen verstecken. In den USA gibt es ein Gesetz, das jeden US-Bürger verpflichtet, seine Steuern, gleich wo er wohnt oder arbeitet, im eigenen Lande zu bezahlen. Solch ein Gesetz wäre auch in Deutschland von heut auf morgen möglich.

Aber wollen wir etwa ausgerechnet die Millionäre aus dem Land vertreiben? Wir versuchen ja schon, Arbeitslose zur Flucht nach Liechtenstein zu bewegen, indem wir ihnen androhen, die Stütze zu kürzen. Aber denken Sie, die fliehen? Die hocken uns weiter auf den leeren Taschen. Kapital dagegen ist scheu wie ein Reh. Es flüchtet, wenn es sich beobachtet fühlt. Böten wir dem großen Geld kein Asyl, das Kapital flöh aus unsren Banken. Und Banken ohne Kapital wären wie Bordelle ohne Nutten. Und wollen Sie Bordelle ohne Nutten?

Na, bitte! Seien Sie zufrieden mit Ihrem bescheidenen Leben, mit ihrem Kleingartenluxus samt Plumpsklo. Was glauben Sie, wonach sich so ein Millionär sehnt, wenn er auf seiner diamantenbestückten Alabasterbrille von Armani sitzt und die Nagelbrettstimme von Tom Waits aus der Hifi-Anlage von Bang & Olufsen hört, die Hosen von Gucci heruntergezogen bis über die Schuhe von Berluci – wissen Sie, wovon er da träumt? Von Ihrem Kleingarten-Plumpsklo! Von diesem einfachen Leben fern vom Elend der Hochfinanz und der Kälte der fußbodenbeheizten Luxusvillen. Während Sie sich als Arbeitsloser in der sozialen Hängematte sonnen, bringen sich millionenschwere Manager und Banker mit ihrem täglichen Erfolgsdruck in psychovegetative Erschöpfungszustände. Folge: Kaffee, Zigaretten, Alkohol. Folge: Herzbeschwerden. Dagegen nimmt er Betablocker. Von denen kriegt er Erektionsstörungen. Die bekämpft er mit Viagra. Davon kriegt er Herzbeschwerden. Folge: Erschöpfung. Er geht zur Gruppentherapie, lernt auf Glasscherben balancieren, bis sein Herz rast vor Glück. Folge: Betablocker. Folge: Erektionsstörungen. Folge: Versagensängste. Die bekämpft er mit Kaffee, Zigaretten, Alkohol. Er muß sich mit Frischzellen und Wachstumspräparaten vollpumpen, damit er dank Testeron, Melatonin und Seratonin noch ein paar Jahre auf der Fettbrühe mitschwimmen kann, bis er ausgelaugt nach einem Kreislaufkollaps auf einem kalten, gefliesten Tisch endet, um dem Pathologen seine letzten Worte entgegenzuhauchen: Ich hab viel Geld verdient!

Möchten Sie so enden? Also hören Sie auf mit Ihrem Gefasel von sozialer Gerechtigkeit. Bleiben Sie lieber arm.

Verschwörungen

2003

Wir sehen fern. Der Osten wird in westdeutschen Studios vorgeführt. Sie zeigen uns, wie wir gelebt haben. Wir dürfen mitspielen. Wir sehen fern. Wir sind verunsichert: Waren wir nun ein Volk von Stasischweinen oder ein Volk von Spreewaldgurken? Aus bayrisch-rheinischen Fernsehsesseln kichert die Verwunderung über die aus Pappautos mit nudossibekleckerten Pionierhalstüchern winkenden Pittiplatsche der Nation, die ins Paradies auswanderten, als ihr Land zur Hölle fuhr.

Lacht nicht zu früh! Das Paradies hat nicht gesiegt. Es ist nur übriggeblieben. Der Untergang steht noch bevor. Wir haben ihn schon geübt. Auch uns hat man einst einreden wollen, das recht mäßige Erdendasein sei das rechtmäßige Himmelreich. Wir haben es anfangs sogar geglaubt. Je mehr man sich im Recht glaubt, umso mehr kann man irren. Wir haben erfahren, wie sehr man sich irren kann. Das haben wir euch voraus. Wir hören die Propheten predigen. Aber wir sind mißtrauisch geworden. Unser Glaube ist der Unglaube.

Wir sehen fern, aber wir sehen nichts. Wir hören, aber wir verstehen nichts. Wir werden informiert, aber wir wissen nichts. Die Mächtigen wollen uns für dumm verkaufen. Aber wir wissen längst, daß wir dumm sind. Diese Einsicht ist unsere Weisheit.

Wir sehen fern. Auf allen Sendern feiern Verschwörungstheoretiker hohe Zeit. Die Besonnenen warnen vor ihren hinkenden Thesen: Bin Ladens Höhle und Husseins Massenvernichtungsbunker als Hauptquartiere des Bösen? Jedes Jahr ein neuer Krieg gegen einen neuen Hitler. Und kein Beweis in Sicht. Serbien, Afghanistan, Irak – Zehntausende bombenzerfetzte unzivilisierte Zivilisten, die man nicht mal zu zählen für nötig fand, auf daß die Welt in Gottesdiensten ihrer gedenke. Gottes Glocken läuten nur für zivilisierte tote Amerikaner. Al Qaida ist stärker als je zuvor. Die Taliban formieren sich wieder. Irak ist nun endlich ein Sammelbecken für Terroristen. Amerika ist verhaßter denn je. Der nächste Anschlag kommt bestimmt. Das ist der Erfolg der friedenstiftenden Kreuzzüge. Glückwunsch!

Wen regt's noch auf? Selbst unser Kanzler sucht in Amerika die Wärme, nachdem sich Bushs Darm ihm wieder öffnet. Der US-Präsident als Inkarnation des Guten. Und da talken diese Spinner von Bröckers bis Bülow durch alle Kanäle mit ihrem Verdacht, das Weiße Haus könnte am 11. September Tausende Opfer in Kauf genommen haben? Na gut, am 11. September 1973 in Chile. Aber da ging es ja gegen den im Unterschied zu Bush demokratisch gewählten Präsidenten Allende. Und es waren nicht Tausende eigene Opfer, die die Terrortruppe des CIA ins Jenseits foltern ließ. Und die Mär über die von Saddam an die Wand geschleuderten Babys, die die UNO für den ersten Irak-Krieg weichklopfte, bis sie sich als in US-Studios gedrehte Lügenstory entpuppte? Und Blairs Witz über die 45-Minuten-Bedrohung, mit dem er sein Volk für den zweiten Irak-Feldzug kirre machte? Und der einst erst in letzter Minute von Kennedy gestoppte CIA-Plan, ein amerikanisches Passagierflugzeug abzuschießen und den Täter Fidel Castro zu nennen, um Kuba zu vernichten?

Sie haben uns zu oft verarscht, die Möchtegern-Weltherrscher aller Zeiten mit ihren KZs und Gulags und ihren Atomwaffendrohungen. Ihr Weltverschwörer, ich glaub euch nicht mehr! Ich trau euch jede Schweinerei zu, wenn es um den Erhalt eurer Macht geht.

Ich sehe fern. Ich seh euch sitzen an euren kaviargefüllten Konferenztischen, vereint den Massenmord beschließend, wenn ihr euren Reichtum vermehrt, indem ihr

Millionen Hungerleidern und Aidskranken das Leben verwehrt.

Erzählt mir, was ihr wollt. Meinetwegen, daß Leni Riefenstahl unter mysteriösen Umständen von Erich Mielke ermordet wurde, der verkleidet als Günter Wallraff unter dem Pseudonym Muhammed Atta weiterlebt. Mögen die Geheimdienste ermitteln, daß Elvis Presley in der Maske von Georg Double-u Bin Laden entführt hat, dessen Asche jüngst in den Kokain-Tütchen von Michel Friedman gefunden wurde. Und mag das alles Schwarz auf Weiß in Kohls Stasiakte stehen – ich halt alles für möglich. Aber ich glaub euch nicht mehr.

Das Land des Lächelns

2003

Im goldenen Tale des Überflusses hatte sich die Lage dramatisch zugespitzt: Das Volk hatte die Pforten der Zentrale mit Warnschildern verbarrikadiert: DIESER MINISTER GEFÄHRDET IHRE GESUNDHEIT. Oder: DIESE REGIERUNG FÜGT IHNEN UND DEN MENSCHEN IHRER UMGEBUNG ERHEBLICHEN SCHADEN ZU. Vor den leeren Werkhallen hatten Arbeiter Zettel an die verriegelten Tore genagelt: WIR SIND INS STEUERPARADIES MONACO GEFLÜCHTET. Auf den Vorplätzen skandierten die Arbeitslosen: WIR BLEIBEN HIER! Das Bildungssystem lag am Boden. Vernichtendes Fazit einer neuen Pisa-Studie über die Zustände in unseren Schulen: Rauchen und saufen, aber nicht lesen und rechnen können! Und bei den Schülern sah es nicht viel besser aus. Die Unruhe wuchs. Terroristen hatten dem Kanzler eine Briefbombe gefaxt. Daraufhin schmiß der Kanzler seinen Job hin und mußte sich nach den neuen Zumutbarkeitsregelungen aus dem dritten Stock seines Kanzleramtes ins soziale Elend stürzen. Der Oberbürgermeister der großen Stadt am großen Überfluß sprang in seiner Verzweiflung von der neuen Brücke. Er hatte Glück. Die Brücke war noch nicht gebaut. Jeden Montag wälzten sich Demonstrationszüge durch die Gassen. Das Volk hatte es satt. Auf den Transparenten stand: WIR WOLLEN KEINE BRETTER MEHR VOR DEM KOPF – WIR WOLLEN BOHLEN! Das Volk sehnte sich nach einem Führer, den es lieben konnte. Einen, der neue Straßen, Parkplätze und Einkaufszentren zu bauen versprach. Und da grad kein neuer Führer zum Bau neuer Autobahnen zur Verfügung stand, wählte das Volk Dieter, den Großen, zu seinem König. Die Menge drängte sich jubelnd auf den Platz, und Dieter, der Große, winkte auf der Tribüne stehend mit seinem gebrochenen Glied zurück. Dann hob er zu sprechen an: »Ein Volk der Dichter und Denker, was ist das schon?!« Und das Volk schrie im Chor: »Pillepalle!« Und Dieter, der Große, sprach: »Ich hoffe, daß jeder ab sofort so viel Geld wie ich verdient, dann haben wir 'ne super Finanzsituation!« Und da jeder gern eine super Finanzsituation haben wollte, beschlossen auch die Sozialhilfeempfänger, ab sofort viel Geld zu verdienen und waren von Stund an glücklich. Bildungsministerin Verona versprach bei ihrer Vereidigung: »Lieber Herr Pisa: Bei mir werden sie geholfen!« Unter Schirmherrschaft von Lilo Wanders wurde der 3. Oktober als Tag der Vereinigung zum Tag des Dauerorgasmus erklärt. Das Volk jammerte nicht mehr – es stöhnte. Fußball-Effe erhielt aus den Händen von Reich-Ranicki für sein Buch den Goethe-Preis. Mit dieser weisen Entscheidung konnte vorübergehend verhindert werden, daß der Name des Dichterfürsten ganz aus dem Bewußtsein der Deutschen verschwindet. In den Hallen der Buchmesse rissen sich Millionen Fans um Moshammers Bestseller »Meine Nächte mit Daisy«. Die Feministinnen drängten sich um Susan Stahnkes Erfolgsbuch

»Im Spiegel meines Darms«. Ärzteteams stellten in jahrelangen Analysen eine gewisse Zunahme von Wasserköpfigkeit als neue Volkskrankheit fest und standen vor einem Rätsel: Trotz Ebbe in den Gehirnen stieg die Flut. Das aber sorgte niemanden, da als wertvollstes Körperteil sowieso die Arme galten, die jeder zum Mitschunkeln bei der MDR-Musikantenscheune dringend brauchte. Theater und Museen schlossen, von niemandem bemerkt. Ein fanatischer Liebhaber rettete die Schlummernde Venus aus den verfallenden Kunstsammlungen und schmuggelte sie als Pornobildchen in die städtische Erotikshow. Guido Westerwelle erhielt für sein Gesamtwerk den Comedy-Preis. Aerodynamische Journalisten kamen auf dem Mainstream dahergeschwommen und kündeten aller Welt vom Land des Lächelns. Alle waren glücklich. Und durch das goldene Tal klang aus Tausenden Kehlen an jedem Feiertag die Hymne LACHT AUF, VERDUMMTE DIESER ERDE!

Unsere Allerbesten

2003

Was ist von den Großen dieser Welt geblieben? Bei Otto denkt jeder statt an den Kaiser an den Versandhandel, Mozart gibt es noch als Kugel und Schiller als Locke. Von Jesus kennt man nur die Latschen und von Columbus die Eier. Von Radetzky blieb uns nur ein Marsch und von Goethes Götz ein Arsch. Heutige Politiker löscht das nationale Gedächtnis im Eilverfahren: Bei Kohl wird bald jeder nur noch an Eintopf denken, und laut einer Befragung von Vierzehnjährigen war Schar-Ping der Nationaltorwart der chinesischen Tischtennismannschaft und Otto Schily der Propagandaminister von Adolf Hitler im Dreißigjährigen Krieg. Daß es da mal einen Nationalhelden namens Hitler gab, hat sich selbst in frühergrauten grauen Zellen unauslöschbar abgelagert. Und wäre es wirklich nach dem Kriterium gegangen, welcher Deutsche sein Land auch außerhalb der Landesgrenzen bekannt gemacht hat – Hitler hätte sich einen Platz unter den größten Deutschen verdient.

Aber vielleicht haben ihn die ZDF-Redakteure auch nur deshalb nicht in ihre 100-Best-of-Liste aufgenommen, weil sie Angst hatten, er hätte in der Zuschauergunst gesiegt. Stattdessen geistern nun im Finale um UNSERE BESTEN unter den ersten Zehn so gescheiterte Existenzen wie Goethe herum, dessen Bücher kein Aas mehr liest und der bestenfalls noch als Chef eines ausländischen Instituts in den Zeitungsspalten zu finden ist. Oder Einstein, dessen Relativitätstheorie bis heute nicht mal von Physik-Nobelpreisträgern richtig verstanden wird und von dem ein gemeiner Michel wie ich höchstens weiß, daß er in seiner Zerstreutheit mal zwei unterschiedliche Socken angezogen haben soll, was mir auch schon passiert ist, ohne daß mich deswegen einer zum besten Deutschen gewählt hat. Und Karl Marx? Von dem kein Geheimdienst weiß, wo sich die Asche seiner Gedanken versteckt hält und vor dessen Traumzauberbaum einer gerechteren Welt sich das Kapital heute kranklacht? Bismarck, okay, den kennt die deutsche Hausfrau wenigstens noch als Hering. Ich selbst weiß nur durch eifriges Nachschlagen, daß Bismarck 1884 dem Reichstag zugerufen hat: »Gebt dem Arbeiter das Recht auf Arbeit, so lange er gesund ist. Sichern sie ihm Pflege, wenn er krank ist. Sichern sie ihm Versorgung, wenn er alt ist.« Na und? Hat's ihm was genützt?, da können sich heut unsere Volksparteien nur ins Fäustchen lachen, wenn sie um den Abbau des Sozialstaates wetteifern.

Nein, all diese Don-Quichotte-Helden sind nicht unsere Besten, sondern bestenfalls unsre Totesten. Hitler aber lebt. Durch Guido Knopps Unterhaltungsserien spukt er als quotenträchtige Popikone: Hitler und die Frauen, Hitler und sein Hund, Hitler und sein Blinddarm. Man muß Massenmörder sein, um die Massen so zu faszinieren.

Politiker schmücken sich gegenseitig bei Vergleichen mit seiner Firma: Die Däubler-Gmelin verglich Bush mit Adolf Nazi, der Kohl den Thierse mit Hermann Göring, der Koch die Repressalien gegen die Reichen mit der Judenverfolgung. Mich würd's nicht wundern, Müntefering würde Kochs Intelligenz mit der von Hitlers Schäferhund vergleichen oder Frau Merkels Frisur mit der Architektur von Albert Speer.

Nur als kürzlich ein Herr Hohmann das deutsche Tätervolk mit dem jüdischen Tätervolk verglich, mußte ihn Frau Merkel rügen: So was sagt man nicht! Jedenfalls nicht in der Öffentlichkeit! Da waren die 100000 Hohmann-Wähler in seinem Wahlkreis ganz verunsichert: So was muß man doch noch sagen dürfen, der Dregger und der Lummer und der Norbert Geis und die CDU-Professoren Hornung und Knütter in ihren Reden vor führenden NPD-Vertretern, die haben doch noch ganz anderes gesagt mit ihrem großen rechten Rand, den die CDSU abdecken muß, aber nie halten kann, und da hat doch der Hessen-Führer Koch in der ersten Reihe gesessen und geklatscht, und keiner hat je den Ausschluß von Roland Koch verlangt, wie sollte denn da der Hohmann wissen, daß er so was nicht sagen darf, er hat doch früher schon viel schlimmere Sachen gesagt, ohne daß jemand was gesagt hat. Davon hat er gar nichts gewußt, hat da der Generalsekretär Meyer gesagt.

Der Schoß ist fruchtbar noch, hat der Brecht gesagt. Aber wer kennt schon Brecht? Der gehört nicht mal zu unseren 100 Besten.

Optimistische Satire

Silvester 2003

Eine alte Bauernregel sagt: Wenns Silvester schneit, ist Neujahr nicht mehr weit. Na und, schneit es? Unter Adenauer hat es fast immer geschneit, erinnern sich die Alten. Aber auf diese Regierung ist kein Verlaß mehr. Es gibt nichts mehr zu verteilen. Schluß mit dem Segen von oben! Ja, wäre Stoiber Bundeskanzler geworden! Schauen Sie doch mal nach Bayern: In den Alpen schneit es. Die Bayern können sich das noch leisten.

Aber in der festlichen Jahresendstimmung will auch ein Satiriker nicht egal meckern. Schließlich sprießen überall in der Welt zarte Pflänzchen der Hoffnung: Saddam Hussein wurde gefaßt. Jetzt müssen sie nur noch den Bush finden, und der Weltfrieden ist gerettet. In Israel verweigerten Soldaten das Morden. Bald werden die Israelis auf Montagdemos Scharon verjagen und in Sprechchören fordern: Die Mauer muß weg! Am Ground Zero wurde in diesem Jahr mit der Verlesung aller Namen der 3000 Toten des 11. September gedacht und der terroristischen Welt erneut der Kampf angesagt.

Zwar würde der zivilisierten Welt eine Aufzählung der 20 Millionen jährlichen Aids- und Hungertoten zu lange dauern. Das rechnet sich nicht. Aber ein paar Hundert Globalisierungskritiker erinnerten uns auch in diesem Jahr an unsere Jugendträume von Gerechtigkeit, Menschenwürde und Toleranz. Schon vermuten Phantasten, daß Inquisitionsnachfolger Ratzinger im Namen des Vatikans das Ende der Diskriminierung Homosexueller verkündet. Spekulationen dieser Art wurden genährt durch eine Nachricht, die vor Tagen jeder im »Tagesspiegel« lesen konnte: HOMOEHE – KARDINAL LEHMANN STELLT SICH HINTER PAPST.

Sie sehen: es gibt Anlaß, dem neuen Jahr mit Optimismus zu begegnen. Auch in Deutschland reckt die Zuversicht ihren Hals: Um die Beziehungen zum Weißen Haus zu verbessern, fliegt Angela Merkel im nächsten Jahr noch einmal über den Ozean. Als Grusel Misses. Und die Regierenden gewinnen im neuen Jahr endlich wieder Vertrauen zurück. Denn ein chancenloser Bundeskanzler ist chancenlos. Gegenwärtig könnte ja Schröder wie Jesus barfuß übers Wasser laufen, das Volk würde nur rufen: »Guckt mal, der kann nicht mal schwimmen!« Und das ist ungerecht. Denn das Reformpaket lag, in letzter Sekunde geschnürt, unterm Weihnachtsbaum. Gepackt von allen Parteien. Und da sollte man nun mal die Maus, die die Elefantenrunde gebar, nicht kleinreden.

Ich find es gut, daß die Arbeitslosen künftig jede Arbeit annehmen müssen. Wundern Sie sich also nicht, wenn Sie ab Januar auf der Autobahn aller hundert Meter einer mit offener Hand anhält und auffordert: »Zwei Euro bitte!« Und Stolpe hockt im Gebüsch und wundert sich, wie einfach die Maut funktionierten kann. Aber das soll ja alles erst ein Anfang sein. Hartz und Rürup allein werden es nicht richten. Unser aller Ideen sind gefragt. Mein Freund Ensikat hat bereits angesichts der Tatsache, daß vor allem die Frauen mit ihrem hohen Alter die Rentenkassen belasten, vorgeschlagen, die schöne altindische Tradition der Witwenverbrennung in die Reformdebatte einzubringen. Wir haben also noch Reserven.

Zunächst sollen ja im Zuge der Arbeitsmarktreform die Sozialhilfeempfängerinnen mit den Arbeitslosen zusammengelegt werden. Das ist durchaus zumutbar. Und wenn die Gewerkschaft noch mitmacht, wird es ein flotter Dreier. Aber genügt das? Man könnte doch auch im Zuge der Rentenreform eine Rentnerin mit einem zumutbaren Rentner zusammenlegen. Oder Herrn Eichel mit der Ulla Schmidt. Oder Jürgen Trittin mit dem Dosenpfand. Ich schlage außerdem vor, den Rhein mit der Elbe zusammenzulegen, um die Kosten bei Hochwasser künftig zu teilen. Auch Bundestag und Musikantenstadel werden zusammengelegt. Dann müssen sich Wolfgang Thierse und Karl Moik die Stefanie Hertel teilen. Jeder legt sich mit jedem zusammen. Eine Sonderschicht zum Tag der Einheit. So können Reformen Spaß machen. Dann wird nicht mehr gejammert, sondern gestöhnt. Bekanntlich pimpern Schimpansen miteinander, wenn sie Frust abbauen wollen. Eifern wir ihnen nach!

Gemessen am gegenwärtigen Frust in Deutschland befände sich dann ein ganzes Volk im Dauerorgasmus. Die Losung heißt: Lust statt Frust. Deshalb rufe ich euch zu: Auch wenn uns Eichel das letzte Hemd ausgezogen hat – laßt uns die Ärmel hochkrempeln. Prost!

Fast Nacht

2004

Was ist los mit Deutschland? Den Theologen Schorlemmer ängstigt die »tiefe Verwahrlosung«, Landesbischof Kreß »diese Ratlosigkeit«. »Stern« und »Spiegel« nennen die Mächtigen obszön und arrogant. Das Kapital, das Vertrauen heißt: verzockt, verpraßt, verstümpert. Das Volk ging wieder auf die Straße. Und feierte Karneval.

Ganz Deutschland – eine einzige Stunksitzung: Maut-Minister Stolpe als Witzfigur. Die Bundesagentur für Arbeit – ein Faschingsverein. Pappnase Eichel hüpft von einem Loch ins nächste und spielt Hänschen-piep-einmal. Trittin in der Vollmaske eines grünen Frosches quakt im Namen der Dose. Funkenmariechen Ulla Schmidt wirft ihre nachgebesserten Pillen und andere Kamellen vom holpernden Festwagen. Künstliches Hüftgelenk abzugeben – einziger Nachteil: Opa hängt noch dran. Tätä! Tätä! Arbeitsmarktreform, Schwarzarbeits-IMs, Olympiabewerbung – Brüller auf Brüller. Das Dreigestirn Stoiber, Koch und Westerwelle rülpst grinsend über die Stammtische. Die ganze schwarz-rot-goldne Funkengarde kommt beim Schunkeln aus dem Takt. Die Narren haben die Schlüsselgewalt über die Amtshäuser übernommen. Es regiert Prinz Chaos.

Oberjeck Schröder spaltet sich und erscheint als Prinzenpaar: Mit Urgestein Müntefering in eine neue Zukunft! Münte wird's richten. Die Basis wirft freudig mit Konfetti. Münte kann das Chaos besser vermitteln. Vielleicht wird er sogar künftiger Kanzlerkandidat? Münte gegen Merkel – der Kampf der Frisuren. Herbert Wehner steigt noch einmal vom Grab in die Bütt und wiederholt seinen Satz: »Es gibt Würstchen in diesem Parlament, die sind den Senf nicht wert, den man draufstreichen müßte, um sie genießbar zu machen.«

Faschingsmuffel wollen Lügner und Betrüger im Prunkpräsidium zu Fall bringen. Was heißt zu Fall bringen, ihr Spaßverderber? Wollt ihr jedem aus Wirtschaft und Politik, der in Korruption verwickelt ist, einen Fallschirm schenken? So viele Fallschirme gibt es gar nicht. Die Sieger der großen Fastnachts-Tombola verteilen ihre 60-Millionen-Abfindung. Deutsche-Bank-Chef Ackermann parodiert Michael Jackson und hebt im Gerichtssaal die Finger zum Victory-Gruß. Gern hätte er sich auch noch in den Schritt gefaßt. Aber dort saß sein Zwickel. Und ein Mit-Esser. Tusch! Helau! Deutschland – ein Tollhaus. Wir brauchen keine Gesundheitsreform. Wir lachen uns tot.

Nur in Dresden sitzt der Elferrat mit leeren Kassen und Köpfen in seinem Narrenhäuschen dickschend in der Ecke und hätte doch Grund zum Johlen: Ob Theaterfusion oder -exekution, ob Waldschößchenbrücke, Herzoginnengarten oder Lingnerschloß, ob Wiener Platz oder Kulturpalastumbau – eine Lachnummer nach der anderen.

»Davon geht das Abendland nicht unter«, tröstet uns der Obernarr.

Recht hat er. Wird etwa am Broadway der »Faust« gespielt? Amerika ist mit Fastfood und Mickey-Mouse eine Weltmacht geworden. Warum soll denn da die Kunststadt Dresden nicht ohne Kunst zur Weltstadt werden? Was brauchen wir Theater, wenn die wahren Tragödien im Rathaus spielen? Dank TV-Werbung glaubt heut sowieso schon jeder, in der Semperoper werde Bier gebraut. Warum kann da nicht auch Karstadt ins Staatsschauspiel einziehen? Schnäppchenverkauf in der Ehrenloge – da würden sich auch die Stadträte mal im Theater sehen lassen. Der Kulturpalast wird zum Parkhaus umgebaut. Parkplätze statt Konzertplätze! Von den vertriebenen Stella, Hundertwasser und Libeskind findet wenigstens der letztere Asyl im Militärmusem. Kein Grund also für den OB, sich aus Verzweiflung vor den Stadtbus zu werfen. Es wäre auch sinnlos: Die Linie wurde längst eingestellt. Werfen wir Operette, Musikfestspiele, Jugendtheater, Philharmonie, Bibliotheken und das ganze geldfressende Kulturgerümpel einfach in die Elbe! Da können wir uns die neue Brücke sparen und die Elbe auf der Furt unserer Todsünden überqueren. Doch am anderen Ufer wird uns Katerstimmung erwarten. Ein langer Aschermittwoch ...

Schöne Aussichten

2004

Die Mondnacht scheint durchs Fenster, und ich schlucke die letzten Nachrichten als Schlaftablette.

Früher las ich immer die Todesannoncen auf der hinteren Kreisseite, um mit dem beruhigenden Gefühl einzuschlafen, daß ich noch lebe. Aber auf Dauer mußte ich die Dosis steigern und finde längst die Titelseite ergiebiger:

200 TOTE BEI TERROR – AUTOBOMBE ZERFETZTE – BLUTIGE RACHE – ATHEN FORDERT NATO FÜR OLYMPIADE – SELBSTMORD-ATTENTÄTER SPRENGTE – BUNDESWEHREINSATZ IM INNERN AUFRUHR – IN PALÄSTINA – GETÖTETE KINDER – GESETZ ZUM ABSCHUSS VON ZIVILFLUGZEUGEN – NEUE ANSCHLÄGE GEPLANT – HASS UND GEWALTBEREIT – ISLAM GRÖSSTE GEFAHR SEIT DEM 2. WELTKRIEG.

Ich seh mich mein Haus verbarrikadieren mit Stacheldraht, der im Keller vor sich hinrostete seit Zeiten, da ich mich gegen Nachbars Kindertoben schützen mußte. Ich streue Bierflaschenscherben ins Gelände. Ich richte mein Luftgewehr, geübt im Spatzenvertreiben, gegen den unsichtbaren Feind. Ich bin in Gefahr. Ich stelle vor der Haustür meine OBI-Mausefallen auf, denen leider die neuen Schuhe meiner Frau zum Opfer fielen, als sie vom Gemüsemarkt kam. Seitdem kontrolliere ich ihr Gesicht mit einem Iris-Scanner, bevor sie die Treppe betritt, doch der signalisiert mir immer: Feindliches Element identifiziert. Seitdem vergewissere ich mich nun doch wieder bei ihrem Erscheinen mit dem Ruf: Schatzi, bist du's? Ich habe mein Erspartes ausgegeben für Alarmanlagen, die bei jeder streunenden Katze anschlagen. Und als mich ein schriller Warnton ins Freie jagt, verfitze ich mich im Stacheldraht und stürze mit der Stirn in die Scherben. Seitdem liege ich im Krankenhaus, und Schily erscheint mir als Geist und ruft: Freiheit oder Sicherheit? Sicherheit! schreie ich vor Schmerzen, und hinter der Kopfwunde hämmert es ISLAMISTEN WOLLEN WELTHERRSCHAFT, WESTLICHE WELT BEDROHT.

Ich höre eine Stimme flüstern: Wir wählen dich zum Vertreter der zivilisierten Welt. Rette uns vor dem Terror! Ich bin ratlos. Was tun? Wie gehe ich mit Terroristen um? Noch gibt es keinen Terroristen-Knigge. Ich entschließe mich zum Äußersten: Ich fahre mit meinem geleasten BMW zu Bin Laden.

Vor einer Höhle sitzt ein alter Mann, die Inkarnation eines Feindes: Verfilzter Bart, runtergekommene Klamotten. So was kannte ich früher nur von der Kelly-Family.

»Guten Tag«, sag ich, »ich bin der Retter der Welt.«

»Angenehm«, sagt der alte Mann, »ich bin der Bin.«

Ich wundere mich einen Augenblick, daß die Amerikaner mit ihrer High-Tech-Armee diesen gefährlichsten Mann der Welt noch nicht gefunden haben. Sie können zum Mond fliegen und auf dem Mars Steine zählen, aber dieses irdische Versteck können sie nicht entdecken. Wahrscheinlich, weil es in der Höhle zu dunkel ist. Ich sage: »Paß auf, du Topterrorist, was hängst du hier verwahrlost rum mit deinem Esel. Wir geben dir von unseren Errungenschaften was ab. Dann kannst du auch in einem geleasten BMW durch die Wüste düsen. Und dir einen Frisör leisten.« Ich stülpe mir aus Rücksicht auf seine religiösen Gefühle einen Ganzkörperschleier über und versichere ihm: »Wir respektieren auch eure Kultur. Wir stellen vor deiner Höhle keine Werbetafeln mit nackten Weibern auf.«

»Achmachalla«, sagt Bin, »es ist nicht alles schlecht im Westen.«

Ich mache ihm noch allerlei Angebote, verspreche Gerechtigkeit und friedliche Koexistenz und will ihm die Hand reichen. Da sagt er: »Chalma achalla, darfst du überhaupt mit Verbrechern verhandeln?«

»Ach«, sage ich, »wir haben schon mit anderen Verbrechern an einem Tisch gesessen. Guck mal, Bin: Hussein, Pinochet, Somoza und viele andere waren einst unsere treusten Verbündeten. Und du hast doch früher auch gemeinsam mit uns gespielt. Und wenn das jetzt die Welt retten kann – komm, sei kein Frosch!«

Da plötzlich zieht ein Gewitter auf. Ich wollte eigentlich noch nach Palästina und dort sagen: »Freundschaft, Herr

Hisbollah, wir erkennen euch an, wir reißen die Mauer ein, wir geben euch ein Land, aber ihr müßt auch …«

Da schlägt ein Blitz neben mir ein und eine Heerschar mit Henryk M. Broder als Speerspitze fällt über mich her: Du Verräter, du Schwein, du verhandelst mit Terroristen! Und sie foltern mich mit ihren Wortgeschossen, bis ich ihnen verspreche, das Richtige zu tun: Zum Gegenschlag ausholen! Alle Terroristen vernichten! Und wenn mich ein Selbstmordattentäter in die Luft sprengt: Ich sprenge zurück! Dann bin ich zwar tot, aber er auch! Haha! Und ich wache schweißnaß auf und lese auf der Titelseite ISRAEL WILL HAMAS-FÜHRUNG AUSLÖSCHEN. Und ich weiß, ich bin wieder in der Wirklichkeit angekommen.

Die ewige Zone

2004

Da hatte nun Herr Westermann die Ossis grade erst so richtig zum Kuscheln liebgewonnen, als sie ihm vor einem halben Jahr per Ostalgieshow mit Spreewaldgurken im Mund und Pittiplatsch im Arm in die gute Stube flimmerten. Und nun diese Schreckensnachricht: Der Osten ist ein Faß ohne Boden!

Nun weiß es Herr Westermann: Diese Exoten aus dem nahen Osten, die er in den 14 Jahren seit Zooöffnung noch nie besichtigt hatte, stopfen sein Geld in ihr gefräsiges Maul, ohne daß, wie es ein Exkanzler ausdrücken würde, etwas dabei hinten rauskommt. Herr Westermann weiß das nicht etwa aus der Bildzeitung, denn als gehobener Mittelstand liest Herr Westermann die Bildzeitung für Intellektuelle. Er liest den Spiegel. Und seit er nun aus dem Spiegel weiß, daß der Osten Schuld ist an der deutschen Misere, weiß er auch: Sein jahrelanger Solibeitrag – Perlen vor die Säue.

Dabei weiß Herr Westermann auch, wie aus dem Milliardengrab Osten das Wirtschaftswunder Ost erblühen könnte. Er hatte vor Jahren von einer Chipfabrik in Malaysia gelesen: Indonesierinnen mit 15 Arbeitsstunden täglich für monatlich 350 Mark, und der örtliche Siemens-Chef nimmt ihnen die Pässe weg und verschließt nachts die Schlafsäle, damit sie nicht fliehen können, und wer sich beklagt, muß drei Jahre ins Arbeitslager. »Deutschland muß bereit sein, von Asien zu lernen!« sagte damals Daimler-Chrysler-Chef Schrempp. Genau! sagt heut Herr Westermann: Eine Billiglohn-Ostzone, so maximiert, daß selbst die Investoren aus Tohuwabohu ihre Industrieoasen in den Märkischen Sand setzen – das bringt den Aufschwung! Aber diese Ostdeutschen wollen ja nicht arbeiten ...

Herr Ostwald wollte eigentlich arbeiten. Einst hatte er zwar in seinem volkseigenen Job oft keine Arbeit, weil meist eine Schraube fehlte. Trotzdem stand in seiner Aktivistenauszeichnung: Herr Ostwald ist betriebsam. Aber nun gab es Herrn Ostwalds Betrieb nicht mehr, und ohne Betrieb konnte Herr Ostwald nicht mehr betriebsam sein. Zwar wäre ein Teilzeitminijob als ungelernter Makkaronilochbohrer vakant gewesen, aber da hätte er arbeitend weniger verdient als arbeitslos. Und so betriebsam ist Herr Ostwald nun doch wieder nicht.

Außerdem hatte er ja von seinem Herrn, dem Kohl, gehört, daß die Landschaften bald blühen werden und daß er, der Herr Kohl, das aus der Portokasse bezahlen würde, und daß es schlechter gar nicht werden kann und schon deshalb jedem besser gehen werde. WOHLSTAND STATT SOZIALISMUS – das klang nach Paradies. Und ins Paradies ließ sich Herr Ostwald gern vertreiben. Einst im Herbst 89 regte sich in Herrn Ostwald kurz ein zartes Mütchen, sein Schicksal endlich selbst in die eigenen Hände zu nehmen. Doch als auch noch ein neuer Kanzler versprach, er werde den Aufbau Ost zu seiner Chefsache machen, dachte Herr Ostwald: Na schön. Wenn der Schröder mich zu seiner Chefsache macht, dann muß ich mich ja nicht zu meiner Sache machen. Und er legte sich unter den Baum und wartete auf die reifen Früchte.

Die fielen auch bald auf ihn nieder in Gestalt von Schrottautos und Schappi und Heino, und später wuchsen auf dem Baum sogar Spaßbäder und Autobahnen und Dolly Buster und Daniel Küblböck. Und Herr Ostwald saß mit Hakle feucht in der linken und Henkell trocken in der rechten Hand in seiner komfortablen Ödnis und ließ sich mit Diebels Alt und Ferrero-Küßchen den Mund stopfen, damit er ihn hielt. Man sah Herrn Ostwald selten, denn meist war er auf Wühltischen in Schnäppchenbergen untergetaucht. Deshalb kam er auch in der deutschen Geschichte nicht mehr vor.

Herr Westermann hatte fast vergessen, daß es Herrn Ostwald überhaupt noch gibt. Aber nun weiß Herr Westermann: Herr Ostwald ist noch da. Er hängt an seinem Tropf. Und das will Herr Westermann nicht mehr. Deshalb würde Herr Westermann am liebsten die Mauer wieder hochziehen. Und die soll hundert Jahre halten. Wie das der Honecker versprochen hat.

Herr Ostwald kann sogar Herrn Westermanns Wunsch ein bißchen verstehen und würde gern mitmauern. Ost und West – nach 14 Jahren endlich Hand in Hand.

Aber Herr Ostwald hat Angst, daß ihm Herr Westermann die Banane wieder wegnimmt. Dann wäre alles umsonst gewesen.